O ACORDE DE TRISTÃO

HANS-ULRICH TREICHEL

O acorde de Tristão
Romance

Tradução
Sergio Tellaroli

Copyright © 2000 by Suhrkamp Verlag Frankfurt am Main

Título original
Tristan akkord

Obra publicada com o apoio da
Inter Nationes/Instituto Goethe, Bonn

Capa
Raul Loureiro

Foto da capa
Crowther & Carter/Getty Images

Preparação
Otacílio Nunes Jr.

Revisão
Isabel Jorge Cury

Dados Internacionais de Catalogação na Publicação (CIP)
(Câmara Brasileira do Livro, SP, Brasil)

Treichel, Hans-Ulrich, 1952-
  O acorde de Tristão : romance / Hans-Ulrich Treichel ; tradução Sergio Tellaroli. — São Paulo : Companhia das Letras, 2003.

  Título original: Tristan akkord
  ISBN 85-359-0374-7

  1. Romance alemão I. Título

03-2904   CDD-838.9

Índice para catálogo sistemático:
1. Romances : Literatura alemã 838.9

[2003]
Todos os direitos desta edição reservados à
EDITORA SCHWARCZ LTDA.
Rua Bandeira Paulista 702 cj. 32
04532-002 — São Paulo — SP
Telefone (11) 3707 3500
Fax (11) 3707 3501
www.companhiadasletras.com.br

O ACORDE DE TRISTÃO

Três caixas com a inscrição "La Grange Neuve de Figeac" encimavam a amurada do cais, bem ao lado do cabeço de ferro em que o barco fora amarrado. Ele havia sido o único turista a bordo; os demais passageiros eram moradores sem muita bagagem, apressando-se em direção a seus carros ou bicicletas, estacionados nas proximidades. Também o barco não se deteve por muito tempo, logo tomando o caminho de volta. Embora fosse agosto e uma onda de calor varresse o continente europeu, chovia na ilha. Chovera em Glasgow também, onde ele fizera baldeação e de onde prosseguira viagem até a ilha de Skye num chamado *airshuttle*. Somente durante a travessia da ilha de Skye para a de Lewis o tempo permanecera seco, e ele passara boa parte dela no convés, contemplando a paisagem costeira, com suas pastagens verdes e as casinhas brancas, em geral modestas, sobressaindo apenas pelo fato de possuírem duas chaminés. Tão logo pôs os pés em terra, a chuva recomeçou. O tempo ruim não o incomodava; sabia o que o esperava na Escócia e trouxera quantidade suficiente de roupas à prova de intempéries. Aprenderia, no entanto, que, na Escócia, um dia de chuva não significava necessariamente tempo ruim. Havia dias chuvosos com sol e dias chuvosos sem sol. Os primeiros significavam tempo bom; os últimos, tempo ruim. Hoje, o tempo estivera ruim, mas ia se transformando em bom naquele mesmo instante. A chuva por certo não diminuía, mas, por breves intervalos de tempo, as nuvens se abriam, libertando um pedaço de céu azul, no qual brilhava um sol de agosto não de todo quente. Quando estava justamente compreendendo que, na Escócia, não se deve tirar a capa de chuva nem com tempo bom, viu um carro aproximar-se pela estrada que, em ligeiro aclive, conduzia ao interior da ilha. Havia de ser seu anfitrião. Tratava-se de uma limusine preta, que, de longe, parecia um Rolls Royce, o que o intranqüilizou. Não tinha idéia de por que um Rolls Royce havia de intranqüilizá-lo, mas sentiu seu pulso acelerar-se e, ao mesmo tempo, a garganta arder e uma pressão no céu da boca. Quando o carro chegou à amurada do cais, percebeu que não se tratava de um Rolls Royce, mas de um Bentley. Curiosamente, diminuíram o ardor na garganta e a pressão no céu da boca, embora um Bentley não o impressionasse menos do que um Rolls Royce. Antes ainda que pudesse apanhar sua bagagem e se preparar para embarcar, o motorista desceu do carro. Vestia um terno cinza, luvas também cinza, mas de tonalidade mais clara, e um boné de chofer. Veio até ele, mas não fez menção de estender-lhe a mão ou ao menos cumprimentá-lo; olhando firme para além dele, em direção às caixas, disse apenas: *"The wine"*. Depois, abriu o porta-malas e pôs-se a depositar ali as caixas de vinho. Tomou muito cuidado; a chuva havia amolecido o papelão, de modo que precisou segurar as caixas por baixo. Uma vez carregada a terceira caixa, o motorista retornou ao volante e partiu, sem se dignar a lançar outro olhar na direção do recém-chegado. Enquanto isso, o bom tempo chuvoso já se transformara de novo em mau tempo chuvoso. O sol desaparecera, um vento frio soprava do mar e a chuva tornara a apertar, despertando no visitante o temor de que acabasse encharcado, apesar da roupa apropriada. Já começando a congelar, os pés molhados, buscou abrigo junto da bilheteria. Nada mais lhe restava senão esperar. Não tinha o endereço em que se hospedaria; recebera apenas o aviso por telégrafo de que o apanhariam no barco da tarde. Chegara no barco da tarde: não havia outro. Nem sequer sabia ao certo onde morava seu anfitrião, que era onde ele próprio haveria de morar. Sabia apenas que se tratava da residência escocesa de um compositor inglês, famoso colega de seu igualmente famoso anfitrião; por amor à melancólica esposa, o compositor inglês vivia agora no sul da França, mas não desejava abrir mão da casa, tendo-a colocado à disposição do colega. O compositor inglês chamava-se Robert Leech, mas ele jamais ouvira obra alguma de alguém chamado Robert Leech. Na Alemanha, não ouviam esse compositor. E ele, menos ainda. Podia procurar o nome na lista e ligar para seu anfitrião, mas não via cabine telefônica alguma. Um porto tinha de ter uma cabine telefônica, pensou, começando a indispor-se com a situação dos telefones públicos na Escócia. Ali, porém, não havia cabine nenhuma, e, se olhasse estrada acima, via apenas a faixa cinzenta de asfalto, orlada pela pastagem para as ovelhas, sem uma única casa ou cabine telefônica, o próprio asfalto logo desaparecendo atrás de uma colina coberta de grama. Nesse meio tempo, a chuva diminuíra de novo, e a parede de nuvens, como que moldada em concreto, desaparecera, à exceção de algumas nuvenzinhas. Continuava chovendo, claro, mas o aguaceiro algo deprimente transformara-se agora numa chuvinha fina e alegre, em meio à qual brincavam os raios de sol, produzindo a todo momento fragmentos de um arco-íris que, como fogo-fátuo, cintilava aqui e ali, para logo sumir outra vez. Antes mesmo que compreendesse inteiramente a mudança no tempo, ele viu que, a distância, um grande e portentoso arco-íris se formara sobre a estrada: uma espécie de arco do triunfo iluminava a paisagem, digno daqueles que em geral só se vêem no cinema, nos cartões-postais *kitsch* ou cartazes de propaganda. O fato, porém, era que não estava no cinema, aquele arco-íris era de verdade, assim como de verdade era também o Bentley preto que ressurgia por entre as colinas, avançando devagar e quase em silêncio sob o arco-íris, a caminho do porto. De novo, o carro aproximou-se da amurada e, de novo, o motorista desceu. Dessa vez, contudo, começou por um toque ligeiro da mão no boné, dizendo a seguir, e em alemão, que era um prazer recebê-lo na ilha, que se chamava Bruno e que o sr. Bergmann já o estava aguardando. "O prazer é meu", respondeu Georg, "meu nome é Georg Zimmer." Georg quis dar a mão ao motorista, que já contornara o veículo e estava agora a seu lado, mas ele desviou-se do cumprimento, direcionando a mão para o lado e para baixo, rumo à bagagem. Georg corou, mas deixou a mão pairando no ar por mais um instante, enquanto o motorista cuidava da bagagem. Depois, sentou-se no banco traseiro, espaçoso o suficiente para que relaxasse e esticasse as pernas, e ficou pensando por que o motorista lhe negara o aperto de mão. Devia ter algo a ver com as luvas. Provavelmente, não se dava a mão a motoristas enluvados. Aliás, para não ser indelicado, devia ter tirado as luvas. Mas um motorista não tinha de tirar suas luvas. No futuro, procuraria se conter; certos erros só deviam ser cometidos uma única vez, Georg disse a si próprio, enquanto o carro se afastava da costa, numa curva rumo ao interior da ilha. "O senhor sempre foi motorista?", perguntou, porque sentiu que precisava dizer alguma coisa. O motorista reagiu com um sequíssimo "não!", de modo que Georg decidiu não dizer mais nada, mas apenas desfrutar do passeio, conduzido pela paisagem sempre igual de verdes colinas de que a Escócia inteira parecia constituir-se. A paisagem não lhe agradava. Lembrava a região do norte da Alemanha na qual crescera. Só que lá não havia colinas. Mesmo com elas, não teria gostado de sua terra natal. Sempre chamara de "inferno verde" as pradarias e pastagens que se estendiam por sua paisagem natal, pelas quais, quando jovem, dava infinitos e desesperados passeios de bicicleta. Com as colinas, os passeios decerto não teriam sido possíveis. Ou teriam resultado ainda mais desesperados. Agora, porém, não estava andando de bicicleta, mas deslizava num Bentley preto pelas estradas estreitas de uma das ilhas Hébridas. Também já não era garoto, mas um jovem senhor que acabara de concluir os estudos e contemplava seu futuro com um misto de medo e expectativa. Medo porque, tendo estudado língua e literatura alemãs, não tivera, de início, alternativa a não ser levar seu diploma — ostentando o, em princípio, belo título de *"Magister Artium"* e a não tão boa média final sete e meio — primeiro ao escritório da Secretaria do Trabalho, em busca de colocação, e, depois, ao da Assistência Social. Na verdade, mesmo que exibisse uma média final nove — que, na realidade, correspondia a algo como sete e meio, ao passo que um sete e meio estava mais para um seis —, a Secretaria do Trabalho não teria podido ajudá-lo. Por isso mandaram-no para a de Assistência Social, que de pronto declarou-se disposta a pagar-lhe o aluguel, incluindo água e luz, e o seguro-saúde. Como dividisse a moradia com dois ex-colegas de faculdade, mas, de acordo com o contrato, fosse sublocatário de um deles, o locatário em questão atestou-lhe de imediato aluguel duas vezes superior àquele que de fato pagava. Além disso, em Berlim, no caixa do escritório da Assistência Social em Kreuzberg — localizado no antigo hospital Bethanien, na Mariannenplatz —, pagavam-lhe todo dia 1º o correspondente a uma mesada. Somando tudo, aluguel dobrado, seguro-saúde e mesada, tinha de admitir que jamais dispusera de tanto dinheiro. Considerou os donativos provenientes da Assistência Social seu primeiro salário de mestre, que utilizou para escrever uma coletânea de poemas e uma solicitação de bolsa de doutorado. Se, por um lado, os poemas lhe fluíam da pena com facilidade — e ele logo encontrara uma editora pequena disposta a publicá-los —, por outro, faltou pouco para que fracassasse na solicitação de bolsa. Isso porque lhe pareceu impossível resumir em poucas páginas, e de forma compreensível, um doutorado ainda não escrito. Ademais, tal resumo deveria deixar claro que o objeto de seu doutorado era um *desideratu* da pesquisa científica. Primeiro, precisou consultar num dicionário de palavras estrangeiras o que era, afinal, um *desideratu*, antes que pudesse lançar-se à apresentação de sua tese ainda não escrita, mas já resumida, como um tal *desideratu*. "Aquilo que se deseja, desejável", leu no dicionário. Um *desideratu* da pesquisa científica, portanto, era uma contribuição desejável, e não, por assim dizer, uma que deixava a desejar. Um *desideratu* da pesquisa científica era algo que ainda não fora feito, mas deveria ter sido. Se o seu assim chamado projeto de pesquisa representava um *desideratu*, isso cabia à comissão competente decidir. O tema de sua tese ainda por escrever era "o esquecimento na literatura". Como nunca tivesse encontrado literatura nenhuma a esse respeito, estava convencido de que sua pesquisa era um *desideratu*. Seu orientador não fizera nenhuma objeção ao tema, apenas o encorajara com um amigável "mal posso esperar". Claro que não escolhera o tema "esquecimento" apenas porque inexistia literatura a respeito. Mas decidira-se por ele também porque tinha a convicção de que o esquecimento desempenhava para a literatura papel tão importante quanto a memória. De resto, esse importante papel apresentava vários aspectos. Havia, por exemplo, o esquecimento daquilo que leu, por parte do leitor. Era o aspecto relativo à estética da recepção, e o que ele conhecia melhor. A esse, somava-se o aspecto aparentado à estética da produção: o esquecimento daquilo que escreveu, por parte do autor. Esse lhe era menos familiar, uma vez que, leitor de muitos livros, logo esquecidos, ele era autor de um único volume de poemas, todos ainda bastante vívidos em sua mente. A abordagem do ponto de vista da estética da recepção lhe causaria menos dificuldades do que a da estética da produção, embora conhecesse número suficiente de declarações de escritores afirmando terem esquecido seus livros imediatamente após sua finalização. Contudo, ele decerto tinha objetivos maiores, sobretudo no que dizia respeito ao segundo aspecto. Não queria apenas mostrar que aquilo que foi escrito é esquecido pelo autor. Mais do que isso, queria demonstrar que o que é escrito só o é com o intuito de ser esquecido pelo autor. Por fim, havia o terceiro aspecto, o do esquecimento como tema, motivo. Esse constituiria o cerne de sua tese, pois entravam aí todos os textos literários tratando do esquecimento. Seu número, supunha, era gigantesco. Na verdade, ainda não tinha encontrado nenhum. Todos os textos sobre os quais tinha certeza de que versavam sobre o esquecimento revelavam, a um exame mais cuidadoso, tratar da memória. Não podia de modo algum escrever uma tese sobre a memória: seu número era também gigantesco. Nos últimos anos, dezenas de doutorados haviam sido escritos sobre a memória na literatura; escrever mais um constituiria erro tático, inclusive em relação a seu currículo e a sua carreira. "Lete", dissera-lhe seu orientador, com um sorrisinho malicioso, "e não Mnemosine." Lete não era problema, mas Mnemosine o irritara; antes mesmo de responder com um encabulado "claro, como combinamos", sabia que precisava consultar seu *Dicionário de mitologia grega e romana*. O verbete Lete, tinha consultado fazia tempo, e, além disso, crescera na região do rio Ems. Já desde a infância, o Ems sempre lhe parecera o rio do dicionário de mitologia. Para ele, já naquela época — em que ainda não fazia a menor idéia da existência de algo assim —, o rio Ems, em cujas margens as vacas pastavam e ele passara a maior parte da infância, era o rio do esquecimento. Quando se sentava na beira do rio, com as vacas e a terra plana e nua às costas, as águas cintilando um brilho esverdeado à frente, um vazio alegre e infantil apossava-se dele. Via, então, a própria vida descendo o largo rio. Via seus boletins escolares passarem feito folhagem na água, via o piano negro, parecendo leve, como se fosse de madeira de balsa; via o sofá cor de ferrugem da sala-cozinha, a almofada de veludo em que, de novo e sem autorização para tanto, o cachorro se acomodara; via a prótese do pai, com as luvas de couro pretas, emergindo da água quase na vertical; e via, por fim, a si próprio, disforme e pesado, os cabelos reluzindo brilhantina, repartidos por uma risca precisa, deslizando pela água em direção a Emsfelde, a cidade mais próxima. Enquanto sua vida, sua família e até ele próprio desciam o rio, ele se fazia leve como uma daquelas andorinhas que, no verão, cruzavam as estradinhas nos campos e as bordas da pradaria, para cima e para baixo; sua mente tornava-se esquecida, de um jeito feliz. Esquecia o piano e os boletins, esquecia o pai e sua prótese, esquecia a sala-cozinha, a risca no topo da cabeça e a brilhantina nos cabelos, o sofá e a almofada de veludo. Só não esquecia o cachorro, e tampouco que tudo aquilo que passava por ele seguia em direção a Emsfelde. E, enquanto via passar as águas daquele rio familiar e se lembrava de, uma vez, ter ido a Emsfelde com os pais, para comprar um terninho para sua cerimônia de crisma, e de, depois, terem ido visitar uma coleção de chapas de fogão a lenha na igreja de uma aldeia nas proximidades — diziam tratar-se de uma das mais completas coleções existentes de chapas de fogão a lenha —, o Bentley brecou forte, arrancando-o de suas lembranças. As águas à sua frente não eram do Ems, mas do estreito de Lewis. O motorista aproximou-se de um embarcadouro, parou o carro e disse que o barco deveria chegar logo. Haviam alcançado a extremidade da ilha, mas, ao que parecia, ainda não o destino. "Não vamos ficar em Lewis?", Georg perguntou ao motorista. "Não", respondeu ele, "o senhor Bergmann mora em Scarp." Depois, desceu do carro e acendeu um cigarro. Enquanto o motorista andava de um lado para o outro no embarcadouro, Georg permaneceu dentro do carro, feliz por não ter de conversar com ele. Além disso, estava um pouco nervoso, já que nunca fizera uma viagem daquelas. Até então, viajara apenas em férias. Dessa vez, estava viajando a trabalho. Um amigo lhe arranjara o trabalho. Na verdade, trabalho destinado, de início, ao amigo, que, no entanto, tendo adoecido, sentira-se obrigado a providenciar um substituto para o sr. Bergmann. Georg aceitara a oferta de imediato. Afinal, o empregador era um compositor famoso, além do que o trabalho não parecia lá muito difícil e, de resto, era oportunidade sob medida para um germanista desempregado. Consistia em auxiliar o compositor na revisão e correção de suas memórias, as quais ele desejava publicar no ano seguinte. Decerto, Georg sabia que Bergmann era um compositor famoso. Só não sabia quanto. Isso ele ficaria sabendo por intermédio de um colega de faculdade, a quem contara sobre o emprego nas ilhas Hébridas e que, à menção do nome do compositor, reagira com uma espécie de crise circulatória. Pouco faltou para que o colega desmaiasse, quando Georg pronunciou o nome "Bergmann", de tão subitamente pálido que ficou, causando a forte impressão de que o sangue em suas veias mergulhara em direção ao chão. Depois, tão logo se refez um pouco, o colega esclareceu a Georg que Bergmann não era apenas um compositor alemão vivo qualquer, mas o mais famoso compositor alemão vivo. Na verdade, havia ainda um segundo candidato ao título de mais famoso compositor alemão vivo, chamado Nerlinger, mas Nerlinger era assim considerado apenas por seus fãs mais ardorosos, ao passo que Bergmann o era não apenas por seus fãs, mas por todos os amantes da música que não fossem fãs de Nerlinger. Ele próprio, disse o colega, não era fã de Nerlinger, embora tampouco fosse necessariamente fã de Bergmann. Por isso mesmo podia afirmar, com grande objetividade, e não em interesse próprio, que Bergmann era o mais importante compositor alemão vivo, e Nerlinger, o segundo mais importante. Que pudesse trabalhar para Bergmann em pessoa, prosseguiu o colega, não era pouca coisa, mas a oportunidade de sua vida. De certo modo, trabalhar para Bergmann era como trabalhar para Brahms. Ou para Beethoven. Mais uma vez, Georg teve a impressão de que o sangue do colega precipitava-se abrupto pelas veias, fazendo-o oscilar por um instante e procurar um lugar para se sentar. O amigo que lhe arranjara o trabalho dissera, de fato, que Bergmann era um compositor famoso. Não havia dito, porém, que se tratava de uma espécie de Brahms ou Beethoven. Não se sentia preparado para um Brahms ou Beethoven. Como conversar com Brahms? O que dizer a Beethoven? Antes de partir, e a fim de não se apresentar inteiramente despreparado, Georg fizera uma visita rápida à biblioteca do Instituto de Música da Universidade Livre de Berlim. Em resposta a sua pergunta sobre se tinham alguma coisa a respeito de Bergmann, a bibliotecária dissera que, nos últimos trinta anos, não havia compositor alemão vivo sobre o qual se tivesse escrito mais. Isso sem contar o fato de que nenhum compositor alemão vivo havia publicado mais sobre si próprio do que Bergmann. Tinham por volta de trezentos títulos de literatura subsidiária sobre Bergmann, e mais de cento e vinte escritos por ele mesmo. Incluindo-se aí ensaios, artigos, conferências e outros, naturalmente. Mas, caso ele quisesse começar por uma abordagem preliminar do tema, ela recomendava uma consulta aos dicionários especializados, sobretudo o *MGG* e o *Grove*. A bibliotecária referia-se, no caso do *MGG*, ao *Musik in Geschichte und Gegenwart*; quanto ao *Grove*, tratava-se do *Grove dictionary of music and musicians*. Em ambos, Georg encontrou extenso material sobre a vida e a obra de Bergmann, verificando, em primeiro lugar, que os artigos sobre Bergmann eram um pouco mais longos do que aqueles sobre Nerlinger, e, em segundo, que Bergmann também nascera na região do Ems. E, aliás, numa aldeiazinha chamada Schredeborg, nada longe de Emsfelde. Essa origem comum o alegrou. Compartilhavam as mesmas raízes. Tinham respirado o mesmo ar e contemplado o mesmo céu. Bergmann, no entanto, vivera apenas uns poucos anos em Schredeborg, tendo, então, se mudado com os pais para Berlim e, por fim, emigrado para a Suécia ainda na juventude, uma vez que seu pai, social-democrata ativo, sofria perseguição política. Terminada a guerra, Bergmann não retornou da Suécia para a Alemanha, mas foi para a Itália. Primeiro para Florença, depois para a Sicília, onde morava próximo à cidade costeira de San Vito Lo Capo, numa *villa* circundada por colinas de oliveiras. De Schredeborg para San Vito Lo Capo. E, agora, as Hébridas, onde, ao que parecia, Bergmann passava o verão. Georg estava impressionado. Não apenas por causa da moradia siciliana de Bergmann e das Hébridas, mas também em razão da relação de suas obras, que ocupava várias colunas do *Grove*. Georg não tinha uma relação de obras. A apresentar, tinha apenas o resumo de uma tese de doutorado ainda não escrita e o volume de poemas, que haveria de ser publicado por uma pequena editora berlinense chamada "Edition Ausweg".* Era certo que não precisaria subvencionar

---

* Em alemão, Ausweg significa "saída, expediente, modo de superar dificuldade ou apuro". (N. T.)

a impressão, mas tampouco receberia direitos: seria remunerado em espécie, ou seja, com exemplares do livro. Aceitaria — poetas não tinham escolha —, mas sabia que a "Edition Ausweg" era um beco sem saída. O que não era novidade; afinal, todos os seus esforços artísticos até o momento haviam se revelado becos sem saída. Por certo, ele sentira desde cedo uma inclinação para a arte, e, em especial, para a música, mas não conseguira grande coisa. E quanto a escrever, começara a fazê-lo apenas porque empacara com a música. Preferiria ser músico a escritor. Sobretudo guitarrista. Guitarrista pop. Ou, então, pianista. Um virtuose do piano. O pendor musical o marcara desde cedo, em razão das aulas de flauta doce que tivera na escola. Contudo, não fora além de exercitar-se nas escalas ascendentes e descendentes. Além disso, e à semelhança da maioria de seus coleguinhas, experimentara a flauta doce menos como instrumento musical do que como instrumento disciplinar. Tocar flauta doce significava apresentar-se à professora à tarde, com a camisa limpa, dedos limpos e o firme propósito de permanecer sentado de maneira correta e ereta. "Quem não se senta ereto", dissera a professora, "já não serve para a flauta doce. Quem não se senta ereto desapruma a respiração, barrando seu caminho. E quem desapruma a respiração, desapruma, de certo modo, a si próprio, barrando o próprio caminho." Assim sendo, a aula de flauta doce era, para a professora, mais do que mera aula de música. A aula de flauta doce era, dizia ela, "preparação do caminho". Preparava o caminho do jovem tanto para a vida quanto em direção a si próprio. E, claro, também o caminho rumo à flauta doce. O caminho que a professora preparara para Georg — rumo à vida, a si próprio e à flauta doce — fora pavimentado com uma série de aborrecimentos. Um deles era doloroso inclusive fisicamente, uma vez que ela possuía o hábito de beliscar a bochecha de seus alunos. Quem tocava errado levava um beliscão; quem não se sentava ereto levava um beliscão; e quem fizesse alguma besteira durante a aula também levava um beliscão. Nos casos graves, aliás, o beliscão na bochecha era reforçado por um movimento giratório. A preparação do caminho na aula de flauta doce incluía ainda a educação para a higiene no uso da flauta. Uma vez que tocar flauta doce implicava aumento do fluxo de saliva, não era difícil que degenerasse em prática algo nojenta, caso não se tomassem variadas medidas preventivas. A professora chamava tais medidas de "controle da saliva", referindo-se sobretudo ao controle dos cantos da boca, por onde a saliva poderia escorrer primeiro. Por um lado, os cantos da boca deviam manter-se firmemente fechados; por outro, contudo, não se podia imobilizá-los, o que prejudicaria a formação da corrente de ar, decisiva para a sonoridade e a plenitude das notas. A advertência da professora para que os cantos da boca fossem mantidos fechados, por um lado, e móveis, por outro, resultava, tanto para Georg quanto para seus coleguinhas, numa rigidez dos cantos da boca, pelos quais, em algum momento, um já incontrolável fluxo de saliva encontraria seu escoadouro. Era o momento da entrada em cena do lenço, que tinha sempre de ser um lenço limpo, sem o qual ninguém podia ousar aparecer na aula. Um outro aborrecimento relacionava-se aos chamados "cuidados com o instrumento". "O cuidado com o instrumento é o cuidado com o caráter", a professora dissera, pois quem negligenciava o instrumento negligenciava a si próprio. Embora Georg e seus colegas fossem muito jovens, meninos ainda em estado latente, tinham notado a conotação sexual da expressão "cuidados com o instrumento", incapazes de evitar que uma risadinha tomasse conta de seus rostos quando a professora se dedicava ao tema "o instrumento e seus cuidados". Naturalmente, não tinham real consciência à época da forma fálica da flauta doce, e tampouco sabiam que ela tivera origem num mundo dado, por vezes, a considerável vulgaridade e lascívia. Era certo que davam seus risinhos de vez em quando, mas estavam a enorme distância do erotismo no trato com a flauta: o único anseio que tocar flauta doce despertara em Georg havia sido o de jamais voltar a precisar tocar música com os cantos da boca pingando. Então, depois de alguns anos de inatividade musical, Georg tentou a guitarra. O estímulo para seu entusiasmo pela guitarra foi um disco com um selo verde e a inscrição "Odeon". No disco, estava a primeira música dos Beatles de sua vida. Tinha dois minutos e vinte e sete segundos e se chamava "I want to hold your hand". A canção o impressionara de tal maneira que, assim que a ouviu pela primeira vez, soube: "sou um Beatle". Agora, só precisava aprender a tocar guitarra. De fato, a escola oferecia um curso de guitarra, e logo um grupo de mesma faixa etária se formou, composto de Johns, Georges e Pauls imaginários, como Georg. Nenhum deles jamais havia tido uma guitarra nas mãos, dispondo, portanto, dos melhores pré-requisitos para começar do zero a aprender o instrumento. A flauta doce propiciava sobretudo embaraço, demandava submissão e era totalmente inapropriada para uma carreira de artista pop. Coisa diferente ocorria com a guitarra, que possuía uma aura de rebeldia e na qual Georg depositava certas esperanças. Já não queria ser um flautista babão, mas um herói da guitarra. Contudo, logo as primeiras tentativas de dedilhá-la tinham, de certo modo, transformado o admirado instrumento de cordas em nova flauta doce. Num instrumento, portanto, que demandava sobretudo submissão. Georg sonhara eletrizar o ar, disparando raios de som rumo ao céu, mas, em vez disso, precisou esforçar-se por meses para conseguir dedilhar ao menos uma sofrida "Valsa do adeus", em versão mais do que simplificada. Como, a despeito de aplicados exercícios, jamais conseguisse de fato ir além dessa "Valsa do adeus", pendurou o instrumento na parede e passou a se dedicar à chamada "guitarra de ar". A guitarra de ar, como diz o próprio nome, consiste em cem por cento de ar. Prende-se a um cinto de couro, também de ar, e, como se trata em geral de uma guitarra elétrica, está ligada a um amplificador e a caixas acústicas de ar. Desnecessário dizer que a guitarra de ar é tocada diante de um público de ar. Só os mais corajosos a tocam defronte do espelho. Também Georg tocava diante do espelho, vez por outra. Até o dia em que viu refletido nele não um fulgurante virtuose da guitarra, mas um garoto pubescente um tanto gordinho, pálido, suado e desajeitado. Georg não quis tornar a encontrar aquele garoto. Cobriu o espelho com uma toalha e decidiu passar a apenas ouvir discos. Quando os ouvia, conseguia esquecer a imagem no espelho. E não só isso. Para ele, uma música dos Beatles ou de Jimi Hendrix era expressão não dos Beatles ou de Jimi Hendrix, mas dele próprio. Canções como "Hey Joe" ou "Do you want to know a secret?" eram testemunhos de sua personalidade e de sua criatividade. Assim como o jovem Werther de Goethe sentia-se o maior dos artistas quando em contato com a natureza, sentado no topo de uma colina e fazendo o sol nascer, também Georg sentia-se o maior dos artistas enquanto os discos giravam em seu toca-discos. Ouvir um disco era como dar um concerto. Ouvir música deitado na cama era um estado de ativa produção artística, era trabalhar na própria obra. Só que não resultava numa relação de obras próprias. Além disso, em algum momento o disco acabava. E, quando acabava, a felicidade da produção artística imaginária transformava-se em grande tristeza. Essa tristeza só podia ser enfrentada colocando-se de imediato um novo disco, o que resultou em que, nessa fase de sua juventude, Georg passava dias, semanas, meses não fazendo outra coisa senão ouvir discos deitado na cama e sentindo-se um criador. Que isso não era suficiente, seus pais foram os primeiros a perceber, ameaçando privar o filho, que parecia cada vez mais preguiçoso e apático, de seu toca-discos. Em algum momento, porém, ele próprio percebeu que uma vida na horizontal não lhe bastava. Mesmo quando ouvia discos. Esperava mais de si. Queria outra coisa. Mas o quê? Não levou muito tempo para saber exatamente o que era. Queria saber tocar piano. Antes, porém, de começar a tocar piano, Georg dedicou-se ao piano de ar. No piano de ar, sua peça preferida era o *Concerto para piano nº 1 em si bemol menor*, de Tchaikóvski, que ele ouvira inúmeras vezes em disco, para, enfim, poder tocá-lo na cabeça e no ar. Sobretudo os compassos iniciais o haviam encantado, parecendo-lhe que, pela primeira vez, tinham aberto seu caminho para o que era, verdadeiramente, a música: matéria invisível, mas dinâmica, conduzindo a grandiosos sentimentos; uma espécie de torrente de oxigênio, capaz de inflar o ouvinte e levá-lo às alturas. Ao mesmo tempo, ouvir Tchaikóvski proporcionara-lhe a sensação de ser um conhecedor, a qual Georg intensificou adquirindo uma segunda interpretação da peça: a primeira havia sido a de Sviatoslav Richter; a segunda, a de Van Cliburn. Ouvira muitas vezes o primeiro e com bastante freqüência o segundo disco, constatando apenas, no entanto, que o de Cliburn estava menos riscado do que o de Richter. No mais, ambos lhe pareceram absolutamente idênticos. Mas os amigos e conhecidos aos quais mostrara os discos confirmaram-lhe as supostas diferenças, não se cansando de expressar admiração pelo fato de a música, com efeito, depender em tão extensa medida do intérprete. De modo geral, Georg apenas acrescentava que atentassem sobretudo para o "ataque", o que a maioria, então, fazia, atestando seu próprio conhecimento, e o dele, com um "espantoso, espantoso". O professor de piano, porém, que ele logo encontrou, nem sequer queria saber do entusiasmo de Georg por Tchaikóvski. Era organista da igreja, e música, para ele, era sinônimo de Johann Sebastian Bach. Para definir o concerto em si bemol menor, tinha apenas duas palavras: música ligeira. Era só o que tinha a dizer a respeito. Embora o Deus do professor de piano se chamasse Johann Sebastian Bach, Georg teve de se contentar com um compositor chamado Josef Czerny. Tocar piano era tocar Czerny e seus "cento e sessenta exercícios de oito compassos". E Georg o fez por um período de tempo bastante longo, porque sabia que não havia caminho de volta aos instrumentos de sopro. Tinha de agüentar, se pretendia mostrar a si mesmo que era capaz, e agüentou até o professor de piano lhe dizer que estava pronto; pronto para Beethoven — para Bach, ainda faltava muito. Aos olhos do professor de piano, Beethoven valia menos do que Bach. Ainda assim, valia mais do que Czerny. Beethoven, pois, e uma peça para piano chamada "Pour Elise", em cuja execução Georg trabalhou longamente e que demarcou os limites de seu talento. Não que não acertasse as teclas. Mas não ia além daquilo que seu professor de piano chamou de "um martelar mecânico". "Melhor não chamarmos isso de música", dissera-lhe ele. Além disso, recomendou ao aluno que pensasse também nos pais, que, afinal, já tinham feito algum investimento na formação musical do filho e a quem ele não deveria fazer crer que era capaz de mais do que o já mencionado "martelar mecânico". Quando o professor de piano empregou pela segunda vez a expressão "martelar mecânico", Georg ficou tão destemperado que interrompeu as aulas de piano naquela mesma semana, mas não parou de tocar. O orgulho o proibia. E seu orgulho o fez adquirir o "Cravo bem temperado" e sonhar que, um dia, tocaria aquelas peças para seu professor de piano com tamanho virtuosismo que ele levaria um choque para a vida inteira. Infelizmente, não chegou a tanto. Chegou, sim, a uma leitura detalhada do "Cravo bem temperado", seguida de exercícios práticos. Georg começara bem do começo, com o *Prelú-*

dio nº 1 em dó maior, constatando, espantado, que Bach era mais fácil do que Beethoven. Conseguia tocar o *Prelúdio nº 1*, ao passo que "Pour Elise" não conseguia. Essa descoberta o inspirara de tal maneira que ele se pôs a tentar os outros prelúdios também, mas já o número 2 causou-lhe tantos problemas que ele voltou a se concentrar no número 1. Tantas vezes quantas, no passado, havia ouvido o *Concerto para piano em si bemol menor* de Tchaikóvski, tantas pôs-se agora a tocar o *Prelúdio nº 1* de Bach. E quanto mais tocava, mais perfeita lhe parecia sua execução. Melhor do que estava tocando aquela peça era decerto impossível tocá-la. Mas Georg queria ser rigoroso. Queria mais. Então, passou a tocar mais rápido. Quanto mais rápido, melhor, dissera a si mesmo, e logo já reduzira à metade a duração normal do *Prelúdio nº 1*. Em seus melhores dias, conseguia ainda diminuir em cerca de mais dez segundos o tempo de execução, tendo se tornado, provavelmente, o mais rápido executor do *Prelúdio nº 1* em sua cidade natal, quando não em toda a região do Ems.

Era bom que Bergmann nada soubesse de seus esforços musicais, pensou Georg, enquanto o motorista abria a porta do carro e o convidava a desembarcar, dizendo "o barco já vem". O barco era uma pequena embarcação de passageiros com, no máximo, uma dúzia de lugares. Aparentemente, porém, Georg era o único passageiro, visto que nem o próprio motorista fazia menção de embarcar. "O senhor não vem?", Georg lhe perguntou, ao que o motorista respondeu que, antes, precisava guardar o carro, pois não circulavam carros em Scarp. Viria mais tarde e cuidaria da bagagem de Georg. Além disso, o sr. Bergmann em pessoa o estaria esperando na ilha. Georg era o único passageiro a bordo do barco, avançando lentamente pelo crepúsculo que se instalava. As águas do estreito de Scarp possuíam coloração diferente da do Ems. Não eram esverdeadas, mas escuras, e deviam ser bem mais profundas e geladas do que as do rio de sua infância. O próprio Georg começou a tremer de frio e tornava a sentir a pressão no céu da boca e a garganta raspando, como sentira antes, no porto, à visão do Bentley. A travessia não durou mais do que quinze minutos. Quando Georg desembarcou, o barco zarpou de novo, provavelmente em busca do motorista e da bagagem. À primeira vista, a ilha não se diferenciava em nada da paisagem que ele já conhecia. Verdes colinas, arbustos vergados pelo vento, cinzentas paredes de rocha ladeando o caminho estreito do ancoradouro ao interior da ilha. De Bergmann, nem sinal. Soprava um vento frio, mas, por sorte, não estava chovendo. Para passar o tempo, Georg ainda ficou observando o barco, que, no entanto, depois de fazer uma curva, desapareceu de seu campo de visão. Ao se voltar novamente, viu alguém descendo o caminho em sua direção. Só podia ser Bergmann. Georg vira fotos dele, mas, àquela distância, era impossível reconhecê-lo. Além disso, ele usava um boné com viseira, bem como um cachecol em torno dos ombros que ia quase até acima das orelhas. Somente mais tarde, quando Bergmann entrou em casa e tirou boné e cachecol, Georg reconheceu nele o homem das fotos: um tipo do sul da Alemanha, de cabelos escuros e já grisalhos, pele morena, um pouco curtida, e um perfil aristocrático. Nada a ver com Emsfelde, Georg pensou: estava mais para Madri ou Sevilha. Ele, ao contrário, tinha muito de Emsfelde: a pele clara, tendendo ao vermelho, os olhos de um azul pálido, as bochechas suaves, não delineadas. Bergmann descia devagar em direção ao ancoradouro. Vez ou outra, chegava mesmo a parar, e remava com os braços. Depois, seguia adiante, ainda balançando os braços no ar e, de súbito, parava de novo. Agora, porém, parecia paralisado, não mexia sequer os braços e abaixara a cabeça. Se continuasse assim, Georg pensou, anoiteceria antes de Bergmann chegar até ele. Mas Bergmann afinal alcançou o ancoradouro. Não veio, porém, diretamente ao encontro de Georg: postara-se a alguns metros de distância, junto da amurada, onde empacou. Contemplou o estreito, a distância, tornou a remar com os braços e, por fim, voltou-se para Georg como se para alguém que sempre, habitualmente, por assim dizer, tivesse estado ali. *"Where's the wine?"*, perguntou. Georg irritou-se. Bergmann estava falando inglês com ele. E um inglês que não soava como aquele que Georg aprendera na escola, em Emsfelde, mas como o da região central de Londres, Knightsbridge, pensou Georg. Ou Bloomsbury. Conhecia ambos os bairros da viagem a Londres, quando da formatura no colégio; isso, no entanto, não contribuiu para diminuir seu embaraço. Teria preferido responder em alemão. Mas, para não passar vergonha, disse o mais corretamente que pôde: *"The wine is in the car"*. Bergmann não disse nada; voltou a contemplar o estreito, como se, a qualquer momento, o carro pudesse chegar deslizando sobre as águas. Então, virou-se de novo para Georg, dessa vez falando em alemão: "Você é da Vestfália?". Georg irritou-se outra vez. Ao que parecia, seu inglês era tão ruim que dava para notar de onde ele vinha. "Sou do norte da Alemanha", respondeu, buscando amenizar um pouco o espinho contido na pergunta de Bergmann. Ao que este último, então, em tom um tanto mais impaciente, replicou: "E o que você está fazendo aqui?". Georg não disse mais nada; apenas retirou do bolso do casaco a mensagem telegráfica que o próprio compositor lhe enviara. Bergmann leu o texto, devolveu-o a Georg, desculpou-se pela desatenção, deu-lhe as boas-vindas a Scarp e disse que era um prazer que Georg fosse trabalhar para ele. Embora estivesse um pouco preocupado. "Puxa, eu sinto muito", disse Georg. "Algum problema?" Ao que Bergmann respondeu:

"O vinho acabou". Depois de Georg relatar-lhe sobre as três caixas de vinho na amurada, as quais Bruno carregara no carro, Bergmann acalmou-se, e os dois tomaram juntos o caminho da casa. O compositor quis saber o que ele fazia, e Georg respondeu que, em primeiro lugar, acabara de escrever um volume de poemas e, em segundo, concluíra uma solicitação de bolsa para doutorado. Perguntado, ainda, sobre a solicitação, Georg, contentíssimo, começou a contar a respeito. Teria esperado qualquer coisa, menos que aquele homem famoso se interessasse por seu doutorado. Afinal, até aquele momento, ninguém se interessara por sua tese. Sobretudo na universidade, apenas seu orientador demonstrara interesse por ela. No mais, a experiência lhe ensinara que contar a alguém sobre sua tese de doutorado significava ouvir como resposta que esse mesmo alguém também estava escrevendo uma tese, com cujos detalhes — os mais inusitados, e muito provavelmente inventados — logo passava a importuná-lo. Todos demonstravam interesse na própria tese, ninguém estava interessado na do outro. E se alguma vez alguém se interessasse pela tese do outro, era aconselhável tomar cuidado. Já acontecera ao próprio Georg de um ex-colega de faculdade e atual doutorando, a quem encontrara por acaso no refeitório, demonstrar enorme interesse por sua tese, levando-o, durante a refeição, a contar inúmeros detalhes a respeito, incluindo-se aí diversas fontes bibliográficas não inventadas, mas genuínas, cuja descoberta lhe havia custado razoável esforço. Somente durante a sobremesa Georg ficara sabendo que o tal doutorando, embora não estivesse escrevendo uma tese sobre o esquecimento, tinha por tema "a petrificação como motivo e procedimento", descoberta que o chocou em não pouca medida. De fato, esquecimento não era o mesmo que petrificação, mas estava muito claro que se tratava de coisa semelhante. E, desnecessário dizer, o colega não se interessara pela tese de Georg por mera camaradagem, mas por razões de cunho altamente egoísta. O colega, na verdade, sondara Georg, que, agora, não tinha alternativa a não ser aproveitar o tempo que lhe restava — isto é, sobremesa e cafezinho — para tentar reparar o mal. Se, até a sobremesa, Georg demonstrara extraordinário entusiasmo com seu próprio tema, sempre ressaltando que se tratava de um verdadeiro *desideratu* da pesquisa científica, agora, saboreando sua compota de ruibarbo, buscava minimizar sua importância até o limite do insignificante. "Quem escreve sobre o esquecimento", disse, "está, na verdade, escrevendo sobre a memória." E sobre a memória já se haviam escrito teses aos montes, ele próprio tendo pretendido, de início, escrever sobre ela, mas agora estava em dúvida até sobre se, de fato, insistiria em seu tema, pois a memória colava-se ao esquecimento como pulga em cachorro. Como o colega continuasse impassível, Georg intensificou sua argumentação, afirmando que, claro, a petrificação era mesmo um belo tema, embora tivesse muito a ver com mortificação. "Afinal, a petrificação é apenas uma modalidade de mortificação", prosseguiu. E mortificação era coisa bastante sem graça. Melhor era, então, fazer logo uma pesquisa sobre a morte na literatura ou coisa parecida, o que, em termos de carreira acadêmica, significava suicídio. Já no final da década de 50, continuou Georg, a morte na literatura era fatura liquidada. De *Tristão* a *Morte em Roma*, já tinham revirado tudo, afirmou, raspando o restinho de compota na taça. "Se é que a morte ainda pode render alguma coisa, talvez na lingüística e só: línguas mortas, tempos mortos, ponto morto", Georg brincou, mas o colega não entendeu a piada, e ele próprio teve a impressão de ter passado do ponto. De repente, sentiu vergonha, sobretudo porque, sem mais delongas, seu interlocutor perguntou se Georg poderia enviar-lhe uma cópia da bibliografia. Ao que Georg, tão impassível quanto podia, respondeu que aquilo não era problema, precisava apenas imprimi-la. Mas havia um porém: sua impressora estava quebrada. Que impressora tinha, quis saber o colega, e Georg não soube responder, porque não tinha impressora nenhuma, seguia escrevendo sempre numa daquelas máquinas elétricas com margarida, que, do ponto de vista das máquinas de escrever tradicionais, era mais ou menos a última novidade no mercado, mas que, pensando-se na existência do computador, já nem deveria existir. O colega, então, que até aquele momento revelara extrema paciência, para não dizer uma teimosia que beirava a petrificação, tolerando a conversa mole e nervosa de Georg, passou a demonstrar indisposição e até certa raiva. Bebeu de um só gole o café ainda bastante quente, disse a Georg que ele era um babaca de um competidor e que estava se lixando para aquele tema idiota do esquecimento. De resto, pouco se lixava também para a petrificação, mas isso não era da conta de Georg. Então, com pontaria certeira, arremessou seu copo de papel em direção a um cesto de lixo assaz distante e se foi, sem nem olhar para trás. Depois dessa experiência, Georg passara um bom tempo sem ir ao refeitório. Agora, estava contente por já não estar nem mesmo na cidade, e sim na Escócia. Com Bergmann, podia falar abertamente. Afinal, não se tratava de um concorrente, mas de uma espécie de monumento, um extenso verbete do *Grove*, e mais extenso ainda do *Die Musik in Geschichte und Gegenwart*. Se, antes do encontro com Bergmann, estivera receoso, porque acreditara que apenas uma grande dose de abnegação lhe permitiria afirmar-se ante figura tão importante, agora tinha a sensação de que justamente a imensa fama de Bergmann lhe propiciaria ser o que era, um ninguém. Afinal, não tinha nada a perder. Essa percepção deu asas ao furor narrativo de Georg, que passou a bombardear o compositor com tudo o que sabia sobre o esquecimento e tudo o que aprendera a respeito com seu orientador. Não sem demonstrar orgulho e, por assim dizer, como apogeu de sua exposição, citou até mesmo a máxima que o orientador havia encontrado para seu doutorado, e que Georg agora repetia como um lema pessoal: "Lete, e não Mnemosine". Bergmann, então, que o tempo todo caminhara calado ao lado de Georg, ergueu de súbito os braços e começou a remar de novo. Também a Georg o silêncio pareceu apropriado naquele momento, embora se sentisse disposto ainda a, de bom grado, contar a Bergmann tudo o que sabia sobre Lete e Mnemosine, ou tudo o que lera no *Dicionário de mitologia grega e romana*. O compositor, no entanto, parecia tão absorto em si mesmo e em seu remar que Georg julgou o estar incomodando já com sua mera presença. Mas Bergmann não se sentia incomodado. Seguiu remando, começou a cantarolar baixinho e emitir silvos ocasionais; parou de fazê-lo e, de repente, lançou um vigoroso compasso, aparentemente de alta complexidade, no ar do fim de tarde escocês. Também esse sofreu diversas interrupções, para dar lugar a novos compassos e silvos. Foi então que Georg compreendeu que Bergmann não estava remando, e sim regendo. Regia uma sinfonia ainda inexistente, que brotava naquele instante na cabeça do compositor. Em outras palavras: Bergmann estava compondo. E Georg tinha a honra de estar a seu lado. Ou, pelo menos, assim se consolava, combatendo um ressentimento crescente: afinal, não viajara até a Escócia para caminhar mudo e, por assim dizer, ignorado ao lado de um Bergmann a compor absorto. E nem se podia dizer que caminhavam, pois o compositor detinha-se com freqüência, porque, ao que tudo indicava, determinada passagem demandava toda a sua atenção. Agora, por exemplo, parava de novo: marcando o compasso e silvando no ritmo, olhou firme nos olhos de Georg. Seu olhar fixou-se bem na pupila de seu acompanhante, que teve a impressão de que aquele olhar solicitava dele uma qualquer observação acerca da música na cabeça do compositor. Ao que parecia, Bergmann desejava um comentário. Mas o que Georg haveria de dizer acerca dos movimentos das mãos e dos silvos? Mal era capaz de distinguir um compasso ternário de um quaternário. Como poderia opinar sobre as complexas construções que Bergmann silvava e marcava no ar? O compositor seguia mantendo o olhar firme, com uma expressão tendendo agora ligeiramente para o triunfal, como se esperasse aprovação imediata de Georg. Em vez de dizer alguma coisa, Georg tentou sorrir, só conseguindo esboçar um sorrisinho, o que, de novo, o constrangeu de tal maneira que ele corou, e o suor despontou-lhe na testa. Bergmann ainda o encarava, remava, silvava, marcava o compasso no ar, e continuou a fazê-lo até que Georg não agüentou mais e perguntou: "É uma nova obra?". Bergmann não respondeu, foi se voltando lentamente para o outro lado, prosseguiu, mas marcou apenas mais uns poucos compassos no ar, de maneira algo negligente, até que, por fim, meteu as mãos no bolso do casaco e disse: "Lete, não: Piriflegeton". Por sorte, chegavam naquele exato momento à casa, e Georg não precisou responder. Piriflegeton, não conhecia. De preferência, teria consultado de imediato seu dicionário de mitologia, mas não o trouxera na bagagem. Antes de entrarem na casa, Bruno veio ao encontro dos dois, parecendo dispor de alguma conexão marítima especial para chegar à ilha. Bruno conduziu Georg a seu quarto e disse-lhe que o sr. Bergmann o esperava na sala de estar, sem demora. O melhor era que fosse imediatamente. Georg desistiu de desfazer as malas, apenas lavou as mãos e apressou-se em direção à sala, onde, no entanto, ninguém o aguardava. Nem sinal de Bergmann, e tampouco Bruno podia ser visto ou ouvido. Assim sendo, sentou-se numa poltrona ao lado de uma mesa redonda, sobre a qual repousavam diversos programas de concertos, um álbum de fotos e uma revista chamada *The Gardener*. Os programas referiam-se a diversas apresentações atuais das obras de Bergmann, tanto na Europa quanto no Japão e nos Estados Unidos. Uma delas num festival em San Diego, na Califórnia, que se estenderia por várias semanas e incluiria somente obras de Bergmann. Brahms, pensou Georg. Ou Beethoven. Pensou neles sobretudo para aliviar um pouco o rancor, que seguia nutrindo firme, porque, em sua presença, o compositor ocupara-se sem qualquer cerimônia apenas do próprio trabalho, e não de seu hóspede. Era, decerto, assim que devia se comportar todo aquele que, no futuro, pretendia tornar-se um Brahms ou Beethoven. E, afinal, Bergmann não fazia aquilo por ele, mas pela música, Georg disse a si mesmo. A idéia de que o egoísmo de um artista famoso não era egoísmo do artista em si, mas de sua arte — que, por assim dizer, reclamava seus direitos —, apaziguou-o um pouco. Mas, quanto mais era obrigado a esperar por Bergmann, tanto menos aquele pensamento o convencia, de modo que, passados outros vinte minutos, mais ou menos, Georg já sentia de novo o mesmo ressentimento de antes. O álbum de fotos reunia a obra do fotógrafo italiano Tazio Secchiaroli, considerado o primeiro *paparazzo*. Georg viu Sophia Loren e Marcello Mastroianni no telhado de um prédio residencial romano, ela de avental, ele de terno; viu Ava Gardner na piazza di Spagna; viu a dançarina turca Aiché Nanà seminua num restaurante em Trastevere. E viu Clint Eastwood. O homem estava montado em seu cavalo, vestia um poncho e tinha uma cigarrilha na boca. Uma mão segurava as rédeas, a outra, a espingarda. Contemplava ao mesmo tempo tranqüilo e atento a imponente distância. Olhava para o infinito. Atrás dele, porém, o observador via algo que o homem no cavalo não via: o acesso a uma rodovia, bem como a encosta rochosa de um subúrbio, de um cinza amarelado, suavizada apenas aqui e ali por uma árvore isolada ou um par de arbustos secos. A foto havia sido tirada nas proximidades de Cinecittà, na periferia de Roma, e havia de tocar o coração de todo fã de Eastwood. Tocou também o de Georg. Ele tinha assistido a todos os filmes de Clint Eastwood, vira até mesmo várias vezes *Por um punhado de dólares* e jamais esquecera a cena em que o sujeito se defende do ataque de um cão de caça, atiçado contra ele, cuspindo uma carga de tabaco bem no olho do animal, e com tamanha força que o cachorro foge ganindo. Mas o *cowboy* da foto não era do tipo que só precisava cuspir no inimigo para forçá-lo à fuga. O *cowboy* na foto já não tinha inimigos. E tampouco amigos. O *cowboy* na foto era, ele próprio, um pobre de um cão que fora parar no mundo errado. Era o cachorro na estrada. Uma outra foto mostrava três pessoas em descontraídos trajes de verão, no momento em que deixavam um estabelecimento. A foto fora feita em Capri e, segundo a legenda, exibia o armador grego Onassis saindo do restaurante Da Mario em companhia de dois desconhecidos. Georg contemplara a foto, uma típica foto de *paparazzo*, apenas de passagem. Só depois de virar a página sobreveio-lhe uma súbita lembrança. Examinou-a de novo e, dessa vez, teve certeza de que já tinha visto o terceiro homem na foto, o último dos que saíam do restaurante. Era Bruno. Um Bruno mais jovem, claro, pois lá se iam quinze anos desde que aquela foto fora feita, mas a cabeça quadrada era inconfundível; e, tanto quanto hoje, já àquela época era quase careca, à exceção da rodela de cabelos curtíssimos no topo da cabeça. Na foto, era natural, estava também mais esguio, mas não muito mais, pois era um tipo atlético, ainda hoje capaz de impressionar; não se tornara de fato mais gordo, apenas um pouco mais compacto. De resto, ostentava hoje — o que não se via na foto — uma cicatriz sobre o olho direito que praticamente dividia ao meio a sobrancelha, conferindo-lhe uma aura de legionário familiarizado com técnicas de combate corpo a corpo. Georg ficou impressionado.

Primeiro, consigo mesmo, por ter sido ele a identificar um dos dois desconhecidos. Depois, com Bruno. Daquele momento em diante, veria o motorista com outros olhos. Afinal, Onassis era um dos homens mais ricos do mundo, e fora casado com a viúva de John F. Kennedy. Isso para não falar da Callas. E Bruno fora a um restaurante com um sujeito desses. Georg pôs o álbum de lado e lembrou-se de que, desde Glasgow, não tinha comido mais nada. Na casa, nada acontecia. Talvez Bergmann estivesse trabalhando. Talvez escrevendo a obra que acabara de lhe ocorrer. Georg também teria gostado de fazer algumas anotações. Desde que começara a escrever poemas, carregava consigo um caderno. A poesia era arte de momento e, como poeta, era necessário estar preparado para o momento. Não era nada fácil; já lhe acontecera de, embora apto a sentir inspirações momentâneas, elas desaparecerem no instante mesmo em que sacara seu caderno para anotá-las. Recorrer ao caderno era o melhor meio de espantar a inspiração. Se, no momento da inspiração, não pegava seu caderno, a inspiração perdurava. Não obstante, carregava o caderno consigo, por prevenção, dizia a si mesmo, para o caso de ter a inspiração das inspirações. Também naquele momento preferia estar anotando alguma coisa. Não que estivesse sentindo alguma inspiração, mas teria se sentido mais artista, mais importante. Não sendo esse o caso, sentia apenas fome, solidão e uma insignificância jamais sentida. Em vez de anotar alguma coisa, pegou *The Gardener*, cujo conteúdo consistia sobretudo em fotos de jardins, acompanhados das respectivas casas, piscinas, quadras de tênis e eventuais cavalos. Quem quisesse saber como plantar espinafre, cultivar repolho ou como fazer doce de maçã, melhor era não recorrer àquela revista. Não havia doce de maçã em *The Gardener*. Havia, sim, na revista que sua mãe sempre lia. Chamava-se *Meu jardim* e nem chegava a ser uma revista, apenas o suplemento de jardinagem do jornal local, publicado a cada dois ou três meses. Certa vez, a mãe de Georg até tomara parte de um dos concursos promovidos pelo tal suplemento. Estavam à procura de "minha mais bela planta de vaso". Os prêmios em dinheiro eram de trezentos, duzentos e cem marcos, e se podia também ganhar uma dezena de "equipamentos para o preparo de estrume". Havia inúmeras plantas de vaso na casa dos pais de Georg e, a se dar crédito à mãe, era uma mais bonita do que a outra. No fim, ela se decidira por uma fúcsia, embora tivesse também uma espirradeira que considerava tão bela quanto a fúcsia. O pai tirou uma foto da fúcsia e mandou ampliá-la para um formato de cartão-postal; a mãe enviou a foto e ficou sabendo, numa das edições seguintes do suplemento de jardinagem, que quase noventa por cento dos participantes tinham enviado fotos de fúcsias ou de espirradeiras, e que a maioria das fotos dava testemunho de plantas de vaso absolutamente magníficas. A mãe de Georg, claro, não ganhara prêmio nenhum, embora o primeiro prêmio tivesse sido dado a uma fúcsia e o segundo, a uma espirradeira, e fúcsia e vaso vencedores, estampados no suplemento, em nada diferissem da planta que seu pai fotografara. Em *The Gardener*, tampouco havia menção a plantas de vaso. A revista pesava cerca de um quilo, o papel da capa era um brilho só, oferecendo-se ao toque como uma folha polida de seringueira, e o primeiro artigo que Georg encontrou, ao abrir a revista ao acaso, era dedicado ao musgo. Seu autor, de Los Angeles, chamava-se Barton Philipps e era um verdadeiro filósofo do musgo, cuja obra *The mossy way* parecia ter conquistado uma multidão de seguidores em especial na Califórnia, onde o musgo era muito apreciado, e não apenas porque, na Idade Média, os zen-budistas japoneses o plantassem e cultivassem nos jardins de seus templos. Os monges, aliás, veneravam, além da serenidade, da seriedade e da simplicidade dessas plantas, sobretudo a ausência de raízes. Atingir esse desarraigamento era uma das metas do modo de vida zen-budista, e aí o musgo podia muito bem servir de modelo. Não se devia, contudo, confundir desarraigamento com ausência de sustentação, alertava Barton Philipps, afinal o musgo era uma forma de vida que, se não deitava raízes, exibia em seu lugar fios tentaculares finos como cabelos. Mediante tais fios, o musgo desarraigado criava para si sustentáculos capazes de revelar força extraordinária. Georg já vira muito musgo na Escócia, já os vira quase em excesso; se havia alguém que vivia segundo a filosofia do *"mossy way"*, eram decerto os escoceses. Duvidava, no entanto, que tivessem consciência de viver de acordo com essa filosofia, e com certeza não conheciam o livro do americano. Também no jardim dos pais de Georg tinha muito musgo, tão apreciado por sua mãe quanto as urtigas, os caracóis e as teias de aranha. Na Califórnia, o musgo não era combatido, mas cultivado. Quem tinha musgo no jardim era invejado pelos vizinhos. A maioria dos californianos tinha apenas grama no jardim, o que, segundo o artigo, era considerado demasiado "ostentatório". O musgo, ao contrário, era discreto e rico em tradição, lembrava a Universidade de Oxford ou o príncipe Charles, razão pela qual a revista recomendava a cada detentor do que chamou de "propriedade antiga" — o que, na Califórnia, não significava muito — que aderisse ao musgo. Georg perguntou a si mesmo se, afinal, era de fato possível que o musgo vicejasse nos jardins californianos. Ele crescera com o musgo da região do Ems, que ali vicejava suntuoso, pois era frio, escuro e úmido o ano todo. Na região do Ems, vigoravam em geral as mesmas temperatura e luminosidade do depósito de batatas que seus pais tinham no porão, às quais o musgo reagia de forma bastante positiva. Nos jardins californianos, porém, os lagartos tomavam banho de sol, e Georg não era capaz de imaginar lagartos no musgo. A se acreditar no artigo, o musgo vicejava em qualquer clima, e disso oferecia prova o jardim ali apresentado. Tratava-se, segundo Barton Philipps, de um dos "mais influentes" jardins particulares dos Estados Unidos. Seus proprietários, Fred e Ernesta Rolston, um casal originário da Filadélfia que fizera fortuna no ramo de computadores e colhera estímulo decisivo em Kyoto, viviam agora em absoluta concordância com o *"mossy way"*. As antigas superfícies relvadas do jardim estavam, agora, cobertas de musgo, assim como musgosos eram também seus caminhos, e até as ripas do telhado da casa exibiam coloração verde-musgo. Se haviam sido pintadas de verde ou se estavam de fato recobertas de musgo, não era possível identificar pelas fotos. Uma especialidade dos Rolston era o revestimento das árvores com musgo, entre as raízes e na porção inferior do tronco, o que estava de acordo com a estética bonsai e o artigo destacava com particular ênfase. Ao lado, via-se uma foto de um senhor já de alguma idade, que, vestindo um terno marrom-escuro de veludo cotelê e gravata, claramente ancinhava o musgo do jardim. Não o fazia, porém, com um ancinho, mas com uma vassoura de gravetos, o que conferia à cena um acentuado toque kyotesco e zen-budista. Georg gostou daquele Mr. Rolston varrendo o jardim; o *"mossy way"* dos Rolston revelava uma postura de vida. Uma postura de vida, era provável que revelasse também o fato de Georg precisar ficar sentado sozinho naquela sala. Aquilo revelava tanto a postura de vida de Bergmann quanto a do próprio Georg. Estava claro que a de Bergmann consistia em fazer-se esperar. Ao passo que a de Georg consistia em esperar. Não adiantou muito; precisava perseverar, e seguiu folheando *The Gardener*, que se ocupava não apenas de jardins de musgo, mas também de *"beautiful homes"*, nem mesmo chegando a causar-lhe especial surpresa o fato de, sob essa rubrica, deparar com uma colorida matéria sobre a *villa* de Bergmann, em San Vito Lo Capo. Como não podia deixar de ser, a casa fora construída em estilo mediterrâneo. Tinha uma coloração *"earthy-peach"* que, nas fotos, ia do marrom-claro às tonalidades arenosas; ostentava vários terraços e uma torre, que a revista chamou de "torre do maestro". Casa e jardim eram circundados por um muro tendendo ao vermelho-ferrugem. No jardim, encontravam-se plantas como a *aristolochia gigantea* — que, segundo a matéria, o próprio Bergmann trouxera do Panamá —, além da *melianthus maior* e da *verbesina turbacensis*. De modo geral, escreveu *The Gardener*, predominavam no jardim de Bergmann o azul, o prata e o lilás, excetuando-se os ciprestes-de-lawson, erguendo-se feito colunas em sua cor escura. A título de especialidade, o artigo mencionava o assim chamado orégano Barbara Tinguy, plantado em diversos pontos do jardim e cuja existência Georg ignorava, tanto quanto ignorava a existência do cipreste-de-lawson e da *aristolochia gigantea*. Aparentemente, não havia musgo no jardim de Bergmann. Ao que tudo indica, o compositor não seguia as recomendações californianas. Georg, que não tinha nenhum interesse especial por plantas e que, até aquele momento, nunca sequer tivera nas mãos uma revista como *The Gardener*, imaginou de súbito que plantas como a *aristolochia gigantea* e a *melianthus maior* deviam ter folhas um tanto grandes demais para um jardim planejado com estilo. Mesmo o relvado, resplandecendo seu verde numa das fotos, de repente lhe pareceu demasiado ostentatório. O autor da matéria, pelo contrário, louvava o verde relvado e falava numa "opção anglo-saxã de cores", com referência à escolha dos tipos de grama. Georg teria feito opção diferente. Se o jardim fosse dele, recomendaria mais musgo a Bergmann: se não em lugar do relvado, decerto em torno da porção inferior dos troncos e entre as raízes dos ciprestes-de-lawson. Caso Bergmann aparecesse na sala, tinha uma sugestão decisiva a lhe fazer, pensou Georg, bem no momento em que o compositor entrou no recinto e lhe disse que o jantar seria servido em breve. Segurando um copo de uísque pela metade, Bergmann perguntou a Georg se ele queria um uísque. Normalmente, respondeu Georg, não bebia uísque, mas, sim, aceitaria com prazer, ao que Bergmann replicou que não fazia idéia de onde estava o uísque. Georg tampouco sabia onde poderia estar, embora o compositor o fitasse como se somente Georg, e ninguém mais, soubesse do paradeiro da garrafa. Bruno haveria de saber onde estava o uísque, Georg sugeriu, mas obteve como resposta que Bruno estava cozinhando naquele momento. "Pasta com brócolis", informou Bergmann, que, então, tomou um gole de seu copo, sentou-se numa poltrona e começou a examinar a correspondência, já disposta sobre uma mesa. Era uma pilha bastante grande de cartas; Georg levaria semanas para juntar uma pilha daquelas, ao passo que Bergmann aparentemente recebia dúzias de cartas todos os dias. Nesse meio tempo, o compositor pusera os óculos de leitura e mergulhara na correspondência; não abria as cartas, apenas contemplava os selos. Fazia-o, porém, de forma tão detalhada que Georg logo começou a se sentir entediado de novo. Tinha, ainda e sempre, *The Gardener* diante de si, o que Bergmann parecia ter notado de imediato, pois, ainda ocupado com a correspondência, disse que jamais havia levado pessoalmente planta alguma do Panamá à Sicília, aquilo era pura besteira. Nunca estivera no Panamá. O repórter da *Gardener* era um vigarista, tinha notado de cara. O culpado pelo artigo, no entanto, não havia sido o repórter, e sim os Rolston, que conhecia de San Diego, onde suas obras eram executadas com bastante freqüência e onde passara um tempo como compositor residente. San Diego era fanática por ele, se podia se permitir dizê-lo, e os Rolston haviam estado entre os patrocinadores do último Festival Bergmann. Tinham intermediado o contato da *Gardener* com ele, que não pudera dizer não, embora, de certo modo, julgasse dispensáveis aquelas matérias sobre casas e jardins, como as da revista. No mesmo número, havia também uma matéria sobre os Rolston, que, por um lado, eram muito simpáticos — de todo modo, tinham contribuído com quinze mil dólares para o festival em San Diego —, mas, por outro, eram também bastante excêntricos. Os Rolston, prosseguiu Bergmann, tinham um problema, para não dizer uma mania, com os musgos, tinham verdadeira tara por musgos; ele próprio se hospedara na casa deles certa vez, e tinha musgo por toda parte. No jardim, nas árvores, no telhado, tudo estava cheio de musgo. Durante dias sentira-se musgoso e verde, mofento, algáceo, contou Bergmann, e isso em plena Califórnia. E, antes de voltar a se dedicar à correspondência, acrescentou ainda um "medonho", fazendo com que Georg sentisse de repente a necessidade de defender os Rolston. De todo modo, tinham contribuído com os quinze mil dólares e, além disso, o sr. Rolston parecia um senhor bem simpático, que varria com grande cuidado o musgo em seu jardim. Por isso, Georg pronunciou-se, agora em voz alta: "O musgo é menos ostentatório do que a grama". Bergmann ergueu os olhos, tirou os óculos, alcançou seu copo de uísque, bebeu um gole e examinou Georg com atenção, enquanto movimentava ainda o uísque de um canto para o outro da boca, antes de engoli-lo. Então, depôs seu copo e recomeçou a remar. Estava bastante claro que, de um instante para o outro, mudara de freqüência. "Enquanto o Bergmann rema", Georg disse a si mesmo, "posso muito bem fazer poesia. Enquanto ele pensa em suas notas, penso nos meus versos." Pretendia pensar num poema escocês ainda por escrever, e teria de fato começado a pensar nisso se, naquele momento, Bruno não tivesse surgido na sala e, com um *"dinner is served!"*, aberto a porta que ligava a sala de estar à de jantar. Durante a refeição, Bergmann não marcou nenhum compasso, mas concentrou-se por inteiro naquilo a que chamou "o problema do vinho". Até aquele momento, disse ele, que acabara de beber o primeiro gole de vinho, pensara que o problema em questão tivesse sido resolvido. Mas era obrigado a constatar que ele persistia. "Antes, não tínhamos vinho; agora, temos este aqui", reclamou. "Este é o vinho que foi encomendado", disse Bruno, ao que Bergmann retrucou que aquele era provavelmente o vinho que tinha sido entregue, e não o que fora encomendado. Tinha encomendado o Figeac de segunda linha, e aquele era o de primeira linha. Toda vez que encomendava vinho, as pessoas sempre achavam que ele queria o de primeira linha, mesmo quando encomendava o de segunda. E isso apenas porque o esnobe do seu fornecedor londrino de vinhos acreditava que um Bergmann bebia sempre, e em toda parte, somente vinho de primeira linha. Ele próprio, porém, prosseguiu Bergmann, era muito mais esnobe do que jamais seria capaz de imaginar o esnobe do seu fornecedor londrino. Era tão esnobe que descobrira, fazia tempo, que os chamados vinhos de segunda linha eram, na verdade, os de primeira, e vice-versa. Ainda que custassem a metade do preço. Pagava a metade de bom grado, disse Bergmann, se pela metade recebia o dobro. Esse esnobismo, ele se permitia. De todo modo, acostumara-se a beber apenas vinho de segunda linha, quando não dispunha de seu próprio vinho siciliano. Repugnava-lhe essa mania de beber vinho de primeira linha, disse Bergmann, já alterado, e exigiu outro vinho, o que, no entanto, não havia na casa. Havia, sim, várias caixas daquele vinho trazido especialmente de barco, o vinho de que Bergmann, conforme dissera, não tomaria nem mais um gole. Georg achou o vinho delicioso, raras vezes tomara vinho tão bom, geralmente bebia cerveja e, quando não, o *chianti* do supermercado. Contudo, não ousou beber mais daquele vinho, enquanto Bergmann não o fizesse. Por sorte, o compositor logo reconsiderou, pediu diversas vezes a Bruno que lhe servisse mais vinho e passou a conversar com Georg sobre o trabalho deste último, que consistiria em revisar as páginas já escritas de suas memórias, atentando para erros e imprecisões. Deveria começar na manhã seguinte, logo cedo. Se trabalhasse bem, conseguiria terminar em uma semana. Os demais dias, deveria aproveitá-los para fazer o índice onomástico. O manuscrito datilografado tinha trezentas páginas. E decerto não continha muitos erros. Bergmann passaria o dia compondo e à noite trabalharia com Georg. Certamente que, entre uma coisa e outra, Georg podia escrever seus poemas, Bergmann acrescentou, mas sem exagero, naturalmente. Depois, sorriu, e Bruno sorriu também. Quanto a Georg, que nesse meio tempo havia bebido vinho em quantidade considerável, viu Bergmann transformar-se em Beethoven e Bruno em Brahms, ao passo que ele próprio era um garoto da região do Ems que sofria de obesidade e rumava para sua aula de flauta.

Georg precisou de uma semana exata para revisar o manuscrito. Enquanto corrigia, Bergmann compunha. Estava trabalhando numa obra intitulada *Piriflegeton para grande orquestra*, e explicara a Georg que Piriflegeton era o rio de fogo que circundava o Tártaro. Para o Tártaro, eram banidos os ímpios, ao passo que as almas pias iam para os Campos Elísios. Estes últimos, Georg conhecia, e sabia também que o rio Lete circundava esses campos. Agora entendia, enfim, o que Bergmann tinha querido dizer com "Lete, não: Piriflegeton". Imaginava o rio de fogo da composição em curso como obra ardente, flamejante, de andamento impetuoso. Tanto mais o irritava, pois, o silêncio reinante na casa o dia inteiro. Embora Bergmann trabalhasse no quarto bem em cima do seu, Georg não ouvia coisa alguma. Somente o zumbido do apontador elétrico de lápis fazia-se ouvir a intervalos regulares. A revisão do manuscrito avançava rápido; na verdade, não havia muitos erros, de modo que Georg trabalhava nela apenas durante as manhãs, desejando dedicar-se à própria obra literária no período da tarde. Melhor, impossível, dizia a si mesmo quando, depois do almoço, contemplava de sua janela o estreito: no quarto de cima, estava Bergmann, compondo; da casa e do jardim, Bruno cuidava; o mar cintilava todas as tonalidades de azul e cinza de que era capaz; e o céu da Escócia apresentava todos os dias um grandioso espetáculo de nuvens. Georg desfrutava a natureza, a tranqüilidade e desfrutava também o fato de poder trabalhar na presença do famoso compositor. "Bergmann compõe, e eu escrevo poemas", dizia-se, ao se sentar à escrivaninha e sentir-se tomado por algo que jamais experimentara e que chamou de "sentimento cultural". Por certo, era o que sentia ao se sentar à escrivaninha, mas, quando estava sentado ali, não conseguia mais escrever. Queria escrever seu primeiro poema escocês, que deveria dar início a um ciclo, mas não lograva compor nem o mais minúsculo verso escocês. Escrevia coisas como "sobre mim, as nuvens" ou "musgo, pétreo como a rocha" e, então, empacava. Depois de, por diversas vezes, só conseguir produzir o primeiro verso, recorreu a um truque. O truque consistia em não escrever sobre a Escócia, mas sobre o fato de não conseguir escrever sobre a Escócia. Nem isso funcionou, e versos como "Diante de mim, o estreito/ a folha em branco" só faziam envergonhá-lo. Assim sendo, rechaçou o truque e tornou a dirigir toda a sua atenção para o céu, a paisagem e tudo quanto o rodeava. Georg queria escrever, mas algo o impedia de fazê-lo. Precisou de algum tempo até compreender o que era. Não era a amplidão do firmamento escocês. Nem a lembrança de Emsfelde, que com tanta freqüência o atormentava à época da faculdade, afastando-o do trabalho à escrivaninha. E tampouco era a solidão das

Hébridas, que o assolava e lhe pressionava as têmporas, em especial depois do almoço. Era outra coisa. Era o zumbido do apontador elétrico de Bergmann. O ruído nem era muito alto, mas claramente audível, e quando não, também isso incomodava Georg, porque ele sabia que logo tornaria a ouvi-lo. Além disso, quando não ouvia o zumbido do apontador elétrico, imaginava ouvir o lápis raspando no papel. Nada, Georg ouvia quase nunca. Bergmann escrevia sem cessar, e quando não estava escrevendo, estava apontando o lápis. Quanto menores os intervalos de tempo em que o zumbido do apontador se fazia ouvir, tanto mais rápido Bergmann estava compondo. E quanto mais rápido Bergmann compunha, tanto mais empacava a pena de Georg ante o ritmo veloz do compositor. A maioria de suas tardes escocesas, Georg as passava sentado à escrivaninha, contemplando o estreito e atentando para os ruídos no quarto de Bergmann. Quando se entediava demais, punha-se a revisar novamente as páginas que corrigira pela manhã. Entregaria ao compositor uma revisão perfeita do manuscrito, isso era certo. Mas seria incapaz de apresentar-lhe um único poema. A cada dia, aumentava a probabilidade de isso acontecer. Depois de revisar o manuscrito uma segunda vez, passou a trabalhar no índice onomástico, o que o obrigou a ler o texto uma terceira vez. Feito o índice onomástico, comunicou a Bergmann que terminara o trabalho. Bergmann respondeu: "Fantástico! Agora, só precisamos combinar um dia para nos sentarmos juntos". Georg ficou surpreso. Embora ninguém os incomodasse ali, Bergmann parecia ter problema de agenda. "Tempo não me falta", disse Georg, talvez um pouco submisso demais, ao que Bergmann replicou que também encontraria tempo, não haveria de ser tão difícil. Era o que o próprio Georg achava, pois, afinal, viam-se todo dia no almoço e no jantar, além de, em geral, sentarem-se juntos diante da lareira à noite. Contudo, os dias se passavam, e toda iniciativa da parte de Georg para que se sentassem juntos esbarrava na relutância crescente de Bergmann. Acabaria por se indispor com ele, ponderou Georg, se continuasse lembrando ao compositor a reunião que jamais ocorria. Conversarem sobre o manuscrito tornara-se já quase um favor que Bergmann faria a ele. Georg, portanto, nada mais disse, e Bergmann fez o mesmo, sobretudo porque um novo problema aparecera, do qual ele e Bruno se ocuparam por alguns dias. Além do problema do vinho, ainda e sempre sem solução — embora Bergmann tomasse o vinho disponível toda noite —, surgia agora um outro, que o próprio compositor chamou de "o problema do piano de cauda". Não havia piano de cauda na casa. Bergmann, naturalmente, partira do pressuposto de que encontraria um piano de cauda na casa do compositor inglês. Mas não havia nenhum. Nem mesmo um piano comum. O problema do piano de cauda surgira de repente, sem qualquer aviso prévio, durante um almoço, quando Bergmann disse a Bruno: "Aqui não tem piano de cauda". "Não", Bruno limitara-se a responder, enquanto removia a sopa, para servir o segundo prato. Respondera com muita calma, mas Georg viu que suas mãos tremiam um pouco ao recolher os pratos. Assim que Bruno serviu o segundo prato — legumes no vapor, batatas e galo silvestre escocês —, Bergmann lhe disse que, sem piano de cauda, não podia trabalhar. E que era um desaforo exigir dele que trabalhasse sem um piano de cauda. Os escoceses, afirmou, exigiam dele que trabalhasse sem um piano de cauda. Ele, porém, não era um pastor de ovelhas, e tampouco um pescador de salmão ou um tocador de gaita-de-foles, disse. Nem Bruno nem Georg sabiam dizer ao certo se Bergmann estava brincando ou mergulhando num acesso de raiva. Georg decidiu-se pela brincadeira, ao passo que Bruno parecia ter entendido tratar-se de um acesso de raiva, pois, a olhos vistos, foi empalidecendo cada vez mais e, a fim de tranqüilizar o compositor, disse que providenciaria o piano de cauda de imediato. Em princípio, prosseguiu Bergmann, precisaria do piano de cauda já naquela tarde, ao que Bruno não disse nada, mas, antes, desapareceu na cozinha, retornando, então, para servir a sobremesa, *Aberdeen rowies*, o que resultou de pronto em novo problema, uma vez que Bergmann era da opinião de que aqueles pãezinhos doces se comiam no café da manhã, e não no *lunch*. Para sobremesa, teria preferido um simples *shortbread*. Mas, claro, um simples e normalíssimo pastelzinho doce qualquer parecia inexistir naquela terra. "Pois bem", resumiu Bergmann, afastando de si o *Aberdeen rowie* e deixando a sala de jantar como que resignado, sem maiores comentários. Bruno também desaparecera de súbito, e Georg ficou sentado sozinho à mesa. Como não havia café — Bruno, ao menos, não o servira —, Georg prosseguiu no Figeac de primeira linha e comeu muitos pãezinhos doces. Em algum momento, Bruno ressurgiu, perguntando se ele queria café. Fez a pergunta num tom ligeiramente cantado e tinha os olhos um tanto embaçados: estava claramente bêbado. Ao que parecia, tinha bebido sozinho na cozinha e, por isso, esquecido o café. Até aquele momento, Bruno sempre exibira um comportamento impecável, Georg não descobrira nele a menor fraqueza. A seus olhos, Bruno não era o tipo de pessoa que bebia em segredo na cozinha. Julgava, antes, que fosse o tipo que, na cozinha, praticava halterofilismo às escondidas. Georg convidou Bruno a beber uma taça com ele. "Só se for uma tacinha só", respondeu Bruno, acrescentando que tinha de ir providenciar no ato o piano de cauda. "Não vai ser fácil", disse Georg, ao que Bruno retrucou: "Vou telefonar para Edimburgo". Depois, emudeceu, e Georg perguntou-lhe se trabalhava fazia tempo para Bergmann. "Uns dois anos", disse; antes, tinha trabalhado em Londres, depois de um bom tempo sem trabalhar, e, no passado distante, já trabalhara para Onassis. Essa última parte, Georg achou que se tratava de uma piada; não era uma piada, e o próprio Bruno não se mostrava muito impressionado com esse seu emprego anterior. "É daí que vem a foto no álbum", comentou Georg. "Capri", disse Bruno, acrescentando que os muitos cruzeiros acabaram sendo demais para ele. Não suportava barcos; melhor era agüentar a música, então. O contrário, aliás, de Onassis, que se dava muito bem com barcos, mas para quem a música não fazia lá muito bem. Do ponto de vista musical, disse Bruno, o relacionamento com Maria tinha sido um verdadeiro tormento. Bruno a chamara de "Maria", o que deixou Georg lisonjeado. Em algum momento, também ele a chamou de "Maria". Ambos falavam de Callas como se fosse uma velha conhecida, e Bruno parecia de fato ter sido pessoa da confiança dela. "Um verdadeiro tormento", repetiu Bruno. Para Onassis. Mas para Maria também. De início, Onassis mostrara total boa vontade. Ia à ópera, ouvia discos de ópera e, com o tempo, até se convencera de que era um conhecedor do assunto. Sempre que ouvia no rádio a voz de uma cantora de ópera, exclamava "Maria!", aumentando o volume, e ninguém, nem empregados nem convidados, ousava contestá-lo. Para ele, contudo, o pior eram as idas à ópera, que só freqüentava porque isso lhe permitia organizar uma festa depois, do tipo que nenhuma companhia de ópera do mundo teria podido organizar ou pagar. Certa vez, prosseguiu Bruno, Onassis lhe confidenciara que o problema nem era a música em si. O problema era o canto. O canto e a duração de uma ópera. Onassis sofria muito com as óperas longas, ou seja, aquelas que duravam mais de uma hora e meia. E que ópera não durava mais do que uma hora e meia? Sofria sobretudo porque não estava acostumado a ficar parado por muito tempo. Estava acostumado a dar telefonemas, a ditar, andando de um lado para o outro, a embarcar em aviões e navios, a gastar dinheiro, fumar charutos. E, acima de tudo, estava acostumado a ser o centro das atenções, onde quer que estivesse. Na ópera, davam-lhe atenção antes de o espetáculo começar e no intervalo. Se as pausas fossem um pouco mais longas, as óperas em si, proporcionalmente mais curtas e o teatro, não tão escuro, era possível que Onassis tivesse se acertado com as apresentações operísticas. Mas não gostava de ficar sentado no escuro, disse Bruno. Por isso, ele preferia as apresentações ao ar livre nos anfiteatros gregos, nos finais de tarde do verão, em que se podia fumar. "Assim era ele, nosso *daddy* O.", concluiu Bruno, esvaziando seu copo e deixando a sala, a caminho de seu telefonema para Edimburgo. Naturalmente, a tarde transcorreu sem a chegada de nenhum piano de cauda. Durante o jantar, Bruno relatou que ligara para a ópera de Edimburgo e solicitara um piano de cauda. Um piano de cauda para Bergmann. Ao que a ópera de Edimburgo lhe pedira que transmitisse calorosos cumprimentos ao sr. Bergmann, bem como a notícia de que, em princípio, estavam sempre à disposição e adorariam poder ajudar, mas não tinham, no momento, nenhum piano de cauda disponível. Nunca mais pisaria em Edimburgo, Bergmann reagiu. Edimburgo o estava impedindo de trabalhar. A bem da verdade, Edimburgo estava boicotando seu trabalho. Se Edimburgo desejava aniquilá-lo, Bergmann continuou, ele também podia aniquilar Edimburgo. Pouco se importava. Bruno deveria telefonar para Glasgow. No dia seguinte, Bruno ligou para Glasgow e informou, durante o almoço, que Glasgow não via problema nenhum, que era, antes, uma honra, já no dia seguinte mandariam um carro e no outro entregariam o piano de cauda. "Está vendo?", disse Bergmann, e pôs-se a louvar o *"Scottish enlightenment"*, que, em sua opinião, não era característica de Edimburgo, como sempre se ouvia dizer, mas de Glasgow. Georg jamais ouvira falar do *"Scottish enlightenment"*, mas teria gostado de saber mais sobre o assunto. Antes da chegada do piano, Bergmann recebeu o telefonema de um jornalista do *Glasgow Herald*, que ouvira da assessoria de imprensa da ópera de Glasgow que iriam emprestar um piano de cauda a Bergmann. O jornalista anunciou que escreveria sobre o transporte e a entrega do piano e pediu permissão para trazer consigo um fotógrafo, com o intuito de fotografar Bergmann recebendo o piano. Bergmann reagiu indignado ao telefonema, mas aconselhou-se com Bruno e, por fim, deu permissão. Na mesma tarde, seguiram-se dois outros telefonemas de jornalistas, o que, no entanto, não contribuiu para piorar, e sim para melhorar o humor do compositor. Um único jornalista seria um aborrecimento e um incômodo. Três, era já uma coletiva de imprensa. E por que não dar uma entrevista coletiva durante sua estada em Scarp? "Edimburgo vai se espantar", disse Bergmann. No dia seguinte, o piano de cauda foi entregue, tendo sido trazido até Lewis por um caminhão e pela balsa para transporte de veículos. Na última etapa da viagem, porém, de Lewis até Scarp, tinham utilizado o barco de passageiros, o mesmo no qual Georg fizera a travessia. No cais, o piano de cauda foi descarregado do caminhão no embarcadouro, colocado de lado sobre uma esteira rolante, rolado até a balsa e, por fim, puxado para o seu interior com o auxílio de vários homens usando correias. Na outra margem, descarregaram-no da mesma forma, colocaram-no de novo sobre a esteira rolante e o rolaram rua acima, desde o desembarcadouro até a casa de Bergmann. Georg fora até as proximidades do cais e observara o transporte de certa distância. Bergmann permanecera em casa, a fim de se preparar para a entrevista coletiva, ao passo que Bruno aguardava no portão do jardim pelos homens e pelo instrumento. O transporte transcorreu sem problemas, os carregadores puxavam e empurravam o piano de cauda, os fotógrafos fotografavam e os jornalistas seguiam atrás, fumando. No todo, era quase uma dúzia de homens na casa de

Bergmann. Além deles, viera também a assessora de imprensa da ópera de Glasgow, com o propósito de fazer a entrega oficial do piano a Bergmann. O compositor vestia um belíssimo terno, decerto bastante caro também, com colete e gravata; embora parecesse um *tweed* Harris, o terno era de casimira. "Não suporto *tweed* Harris", Bergmann declarara, quando Bruno quis convencê-lo a vestir um *tweed* Harris. "Também não suporto sapatos de madeira e camas de prego", acrescentara. Isso tudo era do conhecimento de Georg porque Bruno lhe contara na noite anterior, enquanto preparava o bufê com que os convidados eram agora recebidos. Bergmann agradeceu aos homens pelo transporte, a assessora de imprensa fez um discurso, transmitindo os cumprimentos da ópera de Glasgow, louvando a obra de Bergmann e em especial sua recepção na Escócia, e, ao mesmo tempo, agradecendo ao compositor por sua estada no país e em Scarp. A seguir, os fotógrafos tornaram a fotografar e, enquanto os transportadores serviam-se do bufê, Bergmann concedeu a chamada entrevista coletiva. As perguntas dos repórteres, conforme Bergmann relatou mais tarde, se haviam todas centrado inteiramente na Escócia, para não dizer nas Hébridas. Pelo menos aquelas dos repórteres do *Glasgow Herald* e do *Scotsman*. Os jornalistas queriam ouvir sobretudo a confirmação de que a Escócia era o único lugar do mundo em que um compositor importante como Bergmann ainda podia exercer sua criatividade. Para ser gentil, Bergmann teve de oferecer-lhes mais ou menos a confirmação solicitada. Claro que teria podido dizer-lhes também que, naquele momento, estavam instalando ar-condicionado em sua casa de San Vito Lo Capo. E, quando o ar-condicionado estivesse instalado, ele poderia enfim trabalhar em casa também no verão, não mais necessitando deslocar-se até um canto deserto qualquer da Terra. Naturalmente, não dissera aquilo, relatou mais tarde, mas louvara a Escócia em geral como uma esfera da criatividade, lembrando ainda *As Hébridas*, de Mendelssohn, e também sua *Sinfonia escocesa*. Tampouco dissera algo sobre Edimburgo, informou Bergmann. Ignorara Edimburgo por completo. Em vez disso, havia louvado a generosidade escocesa. Em particular a da ópera de Glasgow. A generosidade escocesa era de fato uma característica nacional, dissera, naturalmente entusiasmando os jornalistas, uma garotada de rosto vermelho e calças folgadas de veludo cotelê. Só o terceiro garoto o irritara, o que escrevia para o *Shetland Post*. Primeiro, perguntara sobre Nerlinger, a quem agora, pela segunda vez, o Festival de Edimburgo dedicava especial atenção. E perguntara sobre Wagner. Quisera saber por que Bergmann mencionara Mendelssohn, e não Wagner. Afinal, não apenas Mendelssohn, mas Wagner também estivera na Escócia. Não nas ilhas Hébridas, de fato, mas nas Shetland. "Um absurdo", disse Bergmann, "um absurdo total." O jornalista, porém, não desistira, contando-lhe a seguir que, numa das ilhas Shetland, teriam encontrado uma inscrição do próprio Wagner, oriunda da década de 60 do século XIX. Era uma inscrição gravada na parede de um abrigo para excursionistas, próximo a uma famosa cachoeira. O jornalista, contou Bergmann, tinha até decorado as primeiras linhas da inscrição, tendo começado a recitá-las de imediato: "Parto de volta para a Alemanha. Até logo, magníficas Shetland! Até logo, adorável Escócia, nobre e espirituosa nação!". Além disso, continuou o jornalista, a inscrição de Wagner agradecia ainda aos escoceses e, em particular, aos habitantes das ilhas Shetland por venerarem tanto sua música, ao passo que os franceses, e sobretudo o público parisiense, lhe causavam enorme dificuldade. Por isso, prometia aos escoceses compor uma ópera centrada naquela cachoeira, um monumento natural já internacionalmente famoso à época de Wagner. A cachoeira seria a heroína da tal ópera, ladeada, ademais, por rochas, abetos, galos silvestres e peixes. Era possível, Wagner teria escrito, que viesse a julgar necessário pôr também um ser humano no palco. Mas aquilo ainda não estava decidido. A inscrição fora assinada com um "Richard Wagner" e havia sido dada a público pela primeira vez na edição do *Shet-land Post* de 14 de agosto de 1896. Desde então, informou o jornalista, existia nas ilhas Shetland uma sociedade wagneriana que cumpria papel nada insignificante no wagnerismo escocês e se empenhava por encontrar a ópera de Wagner dedicada à cachoeira. Estavam convencidos, prosseguiu o jornalista, de que Wagner possivelmente não chegara a escrever a ópera toda, mas também de que alguns fragmentos existiam. A única ópera aquática de Wagner, respondera Bergmann, chamava-se *O ouro do Reno*, e ele recomendava aos jornalistas que a ouvissem com atenção. De todo modo, tinha certeza de que Wagner jamais estivera na Escócia. E, com um sorrisinho diabólico, acrescentara: "Antes de vir à Escócia e às ilhas Shetland, é provável que Wagner tivesse ido à Finlândia. Os sármatas são wagnerianos fanáticos". Georg não entendeu o que Bergmann quisera dizer com aquilo e não sabia quem eram os sármatas, o que, decerto, tampouco o jornalista terá sabido. Enfim, depois daquilo, não falara mais com o tal sujeito, contou Bergmann, apenas respondera à pergunta sobre Nerlinger — ainda mais desavergonhada do que a outra, sobre Wagner —, dizendo-lhe, sem pensar muito: "Nerlinger é um gênio". O jornalista também não quisera mais conversa com ele. Georg ficou impressionado. Em primeiro lugar, pela sagacidade de Bergmann. E, em segundo, pelo modo como o compositor conseguira fazer do transporte e do empréstimo do piano de cauda uma espécie de homenagem oficial a ele, com direito a entrevista coletiva. De resto, o *Glasgow Herald* e o *Scotsman* noticiaram devidamente a entrega do piano, ainda que apenas nas páginas dedicadas ao noroeste do país. O *Glasgow Herald* reproduziu ainda, literalmente, a declaração de Bergmann sobre Nerlinger. Já o *Shetland Post* publicou que Bergmann havia louvado tanto as Hébridas quanto as Shetland como fontes de inspiração musical, apontando também para a importância que as Hébridas haviam tido para Mendelssohn e as Shetland para Richard Wagner. Não sem uma ponta de crítica, o *Shetland Post* observou também que Bergmann se mostrara um tanto dissonante em relação à atenção especial que o próximo Festival de Edimburgo dedicaria a Nerlinger. Bergmann, claro, irritou-se com o *Shetland Post* e chegou a pensar em exigir direito de resposta, mas desistiu, porque era da opinião de que o *Post*, afinal, só seria lido por uns poucos pôneis Shetland. Ele, de fato, se irritara, mas a irritação com o artigo não pode ter sido o motivo pelo qual o compositor mal chegou a encostar um dedo no piano de cauda. Até sua partida, Georg o ouviu tocar um único acorde ao piano. Não havia sido um desses acordes típicos da música erudita contemporânea, capazes de triturar os nervos de qualquer um. Tinha sido um acorde não de todo simples, mas, ainda assim, compreensível; soara tão melancólico, triste e irredimível que Georg teve de imediato a convicção de que só podia tratar-se do acorde de Tristão. O acorde de Tristão era o único que Georg conhecia pelo nome. Por isso, sempre que ouvia Wagner ou wagnerianos e um acorde triste, melancólico, soando algo irredimível, tendia a dizer sem demora: "o acorde de Tristão". Vez ou outra, aquilo causava boa impressão, sobretudo com certas estudantes de germanística, até o dia em que ele topara com uma estudante de germanística que também cursava música. Havia convidado a colega de faculdade para prepararem juntos um jantar. Enquanto cozinhavam, Georg pusera Miles Davis e, ao se sentarem para o jantar, *Tristão e Isolda*, de quando em vez observando de passagem: "o acorde de Tristão". Já na sobremesa, ao tornar a repetir "o acorde de Tristão" ainda uma vez, desejando ao mesmo tempo pousar sua mão sobre a dela, a colega recolhera a mão e, sem rodeios, disparara: "Assim não dá". Depois disso, ela se despedira bastante apressada e nunca mais voltara a telefonar para ele. Naquela noite, o acorde de Tristão ficara entalado na garganta de Georg, que se propusera com firmeza informar-se em detalhes a seu respeito e gravar na memória as passagens da referida ópera em que o acorde ocorria. A se dar crédito a seu discernimento, o acorde de Tristão ocorreria a cada dez minutos de *Tristão e Isolda*. Providenciara até mesmo, valendo-se do empréstimo entre bibliotecas, o volume contendo o debate entre Stewart e Stern, e lera primeiro o ensaio "The Tristan Chord: identity and origin", de John Stewart, e, depois, "The Tristan chord in historical context", de William Stern. A despeito de seus conhecimentos musicais insuficientes, aprendeu com a leitura que, para a compreensão do acorde de Tristão, era necessário compreender, primeiro, o acorde que se ocultava por trás dele, ou seja, aquele que o acorde de Tristão encobria. O acorde de Tristão, Georg aprendera, era, em si, incompreensível. Tornava-se, porém, compreensível se se tivesse presente a primeira aparição de Enéas, na *Dido e Enéas* de Purcell. Mais compreensível ainda se fazia, ademais, a um exame do quarto recitativo da *Cantata n° 82* de Bach, intitulada "Já me basta". A estudante de germanística havia dito "assim não dá", mas também teria podido dizer "já me basta". Embora não de todo cristalino, o acorde de Tristão tornava-se decerto mais transparente se se desse uma olhada ainda nas sonatas K. 460 e K. 462 de Scarlatti, bem como no *Tannhäuser* de Wagner, ato 3, cena 3, ou, mais precisamente, no momento em que Wolfram pergunta ao Tannhäuser: "Mas não foste para Roma?". Georg bem que gostaria de ter ido a Roma com a estudante de germanística. Mas arruinara essa possibilidade com aquela sua fanfarronice do acorde de Tristão. Quanto mais estudava o debate entre Stewart e Stern, mais claro ficava para ele que a pesquisa em torno do acorde de Tristão tendia a se transformar numa pesquisa sobre absolutamente tudo. Quem pesquisava o acorde de Tristão precisava pesquisar também Purcell, Bach, Scarlatti e o *Tannhäuser*. Mas quem pesquisava Purcell, Bach, Scarlatti e o *Tannhäuser* tinha também de pesquisar Beethoven, tanto em sua totalidade quanto, em especial, a *Sonata para piano em mi bemol maior, op.* 31, na qual, segundo Stewart, o acorde de Tristão aparecia "na mesma altura e encorpado em disposição idêntica" à do Tristão. Georg gostara sobretudo da expressão "encorpado". Ao que parecia, era preciso imaginar o acorde de Tristão como um precioso vinho tinto, disposto em variadas peças musicais como se em barris de carvalho. Segundo Stern, o acorde de Tristão encorpava-se também em Guillaume de Machaut (1300-77, aproximadamente) e em Gesualdo da Venosa (1560-1613), o que, em especial no caso de Guillaume, implicava tempo de armazenagem superior a quinhentos anos. Nenhum vinho resistiria tanto tempo sem virar vinagre. Aparentemente, o acorde de Tristão resistira. O acorde, claro, não era nem vinho nem vinagre, mas um composto de notas musicais. A despeito, porém, das leituras de Stewart e Stern, Georg continuava sem saber de que notas se compunha o acorde. E teria gostado também de saber qual era o acorde que se ocultava por trás do acorde de Tristão. Não descobrira nem uma coisa nem outra com Stewart e Stern. Mas descobrira, sim, que os pesquisadores do acorde de Tristão não precisavam nomeá-lo por extenso: bastava um simples "TC". Stewart e Stern sempre diziam apenas "TC", abreviatura de *"Tristan chord"*. Georg pôs-se a pensar como teria reagido a estudante de germanística se, em vez de ficar repetindo "o acorde de Tristão", ele tivesse exclamado "TC!". Propôs-se a realizar o experimento tão logo surgisse ocasião apropriada, e uma nova estudante. Propôs-se também a perguntar a Bergmann de que notas se compunha o acorde. Contudo, quando, durante o jantar na véspera de sua partida, Georg pretendia fazer a pergunta, acabou se decidindo pelo silêncio. Ao se jantar com Beethoven, não se devia perguntar a ele em que tonalidade fora composta a *Quinta*. Em vez disso, perguntou a Bergmann se Bruno poderia levá-lo até o embarcadouro no Bentley. Afinal, partiria no dia seguinte. "Você está de partida?", reagiu Bergmann. "Mas, e o manuscrito?" Sem um exame das correções e do índice onomástico, ele, Georg, não poderia partir, disse o compositor. Bruno cuidaria de alterar as passagens aéreas no dia seguinte, bem cedo, e Georg ficaria por mais dois dias, o que resultaria numa conexão mais apropriada. "Mas minha conexão está perfeita", disse Georg. Bergmann, porém, não se referira à conexão do vôo de Georg, mas a seu próximo hóspede em Scarp. Em três dias, chegaria à ilha seu filho Antoine, que estudava na Brown University em Providence, e a quem não via fazia já um bom tempo. O filho se chamava Antoine porque tinha mãe francesa, com quem Bergmann já não vivia junto. Antoine estudava *"engineering"*, mas, segundo Bergmann, interessava-se sobretudo por basquete, carros e todas as modalidades esportivas que envolviam luta. "Aqui, vai se entediar", informou, "mas tem aí o Bruno e o Bentley." Georg imaginou que Antoine e Bruno praticariam alguma modalidade de luta no jardim, talvez trocando gravatas e golpes de caratê, enquanto Bergmann observaria tudo da janela de seu escritório. Talvez Antoine fosse também desmontar o Bentley inteiro, apenas para montá-lo de novo, ou dirigiria em círculos por Lewis, horas a fio. Georg não solicitou mais detalhes, pois a observação de Bergmann soara bastante sarcástica. Preferiu perguntar pela esposa do compositor, com quem ele decerto ainda era casado, mas que vivia em Paris, onde mantinha um consultório para músicos enfermos. Os músicos em questão eram sobretudo músicos de orquestra, mas incluíam-se aí também solistas, regentes e compositores. Sua esposa era formada em medicina, disse Bergmann: era neurologista, mas tinha também formação em psicanálise e, por um tempo, tinha sido uma espécie de terapeuta da casa na ópera de Paris. Ele, aliás, a conhecera lá, disse Bergmann, mas já não viviam juntos fazia alguns anos. Composição e vida em comum não eram coisas compatíveis, informou ele. Ou o sujeito compunha ou dividia sua vida com alguém. De fato, conhecia compositores que viviam com alguém, como Nerlinger, por exemplo, o que, de resto, era audível em suas composições. Além disso, com o passar dos anos, sua esposa se ocupara cada vez mais das doenças ocupacionais dos músicos, ao passo que ele, com o passar dos anos, trabalhara cada vez mais. Ela nutria particular interesse pelas doenças musculares, algo pelo qual o compositor não tinha o menor interesse. Quando ainda viviam juntos, ela escrevera uma espécie de manual chamado *"Qu'est-ce que la dystonie"*, desde então transformado em obra clássica a respeito do assunto. Por meses a fio, só pudera conversar com ela sobre distonia. "De dar cãibra", Bergmann disse, "era de dar cãibra em qualquer um." Quando Georg quis saber o que era distonia, Bergmann explicou que se tratava justamente de casos especiais de espasmos musculares, cujas diversas manifestações também desconhecia, mas lembrava-se de que sua esposa interessava-se acima de tudo por aquelas que eram do interesse dos músicos. O torcicolo, por exemplo, que interessava aos violinistas, ou a disfonia, com especial predileção por acometer cantores. Um dos pacientes dela, um cantor ainda relativamente jovem da ópera de Paris, tivera ao mesmo tempo torcicolo, espasmos nas pálpebras e perturbação da voz. Era de se imaginar que papéis ainda podia fazer, disse Bergmann. Só óperas de Witte e de Scheer. Witte e Scheer jamais haviam escrito uma ópera. "Nerlinger compõe óperas", Georg interveio, ao que Bergmann respondeu que as doenças espasmódicas apropriadas às óperas de Nerlinger ainda não tinham sido inventadas. Ele, em todo caso, nunca mais quisera saber das tais distonias, sobretudo porque, um belo dia, sua mulher passara a se interessar também pela chamada cãibra do escrivão, da qual ele não queria nem ouvir falar. Certa vez, durante o café da manhã, ela lhe contara, por exemplo, sobre um tipo especial dessa cãibra, que se manifestava no deslocamento do dedo mínimo. E, de fato, terminado o desjejum, quando ele se sentara para trabalhar, o mindinho começara a causar-lhe dificuldades. De repente, ele o impedia de escrever, o que perdurou por alguns dias, até provocar uma briga fabulosa, que marcou também, provavelmente, o começo do fim de seu casamento. "Mas só você sabe disso", Bergmann disse a Georg, que, de pronto, prometeu-lhe discrição absoluta. Tendo Georg aceitado o adiamento de sua partida, Bruno tratou de remarcar as passagens, e Georg e Bergmann puseram-se a trabalhar nas correções e no índice onomástico. O trabalho nas correções resumiu-se a uma olhada no manuscrito, que Bergmann deu ainda na sala, passando os olhos por duas ou três intervenções de Georg e dizendo-lhe, então, que estava tudo muito bem. Mais tarde se ocuparia do resto. O mais importante era o índice onomástico, o que, no fundo, não demandava mais trabalho nenhum, pois Georg já anotara todos os nomes e os listara em ordem alfabética. Para o trabalho conjunto no índice onomástico, Bergmann conduziu Georg a seu escritório, onde os dois se sentaram lado a lado à escrivaninha, como dois colegas de escola. Georg jamais havia se sentado tão próximo de Bergmann. Continuava tendo a sensação de estar ao lado de Brahms ou Beethoven, mas sentia-se, ao mesmo tempo, como o irmão caçula de Brahms, o filho de Beethoven ou o melhor amigo de ambos. Estava emocionado de poder sentar-se bem ao lado do compositor, cotovelo a cotovelo. E emocionou-se também com o fato de Bergmann empurrar-lhe a partitura de *Piriflegeton para grande orquestra*, pedindo-lhe, sem cerimônia, que pusesse as folhas no chão. Georg pegou as folhas de formato grande, com sua escrita a lápis, examinou a primeira delas, admirou o traçado artístico das notas, adensando-se cada vez mais rumo ao meio da página até, por fim, compor um denso aglomerado, quase colorindo de preto a folha branca. É o rio de fogo em seu ponto mais quente, pensou Georg, borbulhando, fermentando, pulsando, cozinhando e impondo aos condenados os maiores tormentos. Com cuidado, depositou as folhas sobre o tapete. A peça havia sido composta por encomenda e deveria ser executada pela primeira vez no Lincoln Center, em Nova York. "E eu", pensou Georg, "ponho a partitura no tapete." Aberto o espaço sobre a escrivaninha, Bergmann pôs-se a examinar o índice onomástico. Era bastante longo, e Bergmann mostrou-se surpreso por suas memórias mencionarem cerca de trezentas pessoas. Surpreendeu-o ainda mais o fato de, entre essas pessoas, figurarem algumas com as quais havia brigado ou que tinha em baixíssima conta e, portanto, não desejava de modo algum ver mencionadas em seu índice onomástico. Muitas delas, aliás, já nem podia imaginar citadas em seu livro, e Georg tinha, nesses casos, de apresentar a prova, mostrando a passagem em questão. Embora Georg dissesse a Bergmann que o índice onomástico de um livro precisava conter todos os nomes nele citados, independentemente de o autor nutrir ou não simpatia por eles, o compositor tentou convencê-lo a retirar alguns nomes do índice. Ao que Georg lhe respondeu que, sim, podia eliminá-los, mas, se o fizesse, teria também de eliminá-los do próprio texto. Senão já não seria mais um índice onomástico de fato, e sim algo como uma *tabula gratulatoria* ao contrário, ou seja, uma lista daqueles aos quais Bergmann gostaria de render homenagem. Georg conhecia a *tabula gratulatoria* das publicações comemorativas dos catedráticos de germanística. Examinara numerosas dessas publicações em sua busca por estudos acerca do esquecimento na literatura. Podia-se encontrar de tudo nessas publicações comemorativas e, portanto, talvez alguma coisa sobre seu tema também, mas não havia sido o caso. Em vez disso, sempre topava com a chamada *tabula gratulatoria* ao final do livro, algo que, até então, desconhecia. Embora a *tabula gratulatoria* nada mais fosse que uma listagem de catedráticos, sempre lhe dera certo prazer estudar aquelas listas de nomes. Prazer especial lhe dava reencontrar os mesmos nomes entre os homenageantes de outras publicações comemorativas. Havia até nomes que apareciam em quase todas as listas. Ao mesmo tempo, notara, contudo, que aqueles que mais homenagens prestavam eram os que menos homenagens recebiam. Isso quando chegavam a ser objeto de uma publicação comemorativa. Quanto mais nomes exibia uma lista de homenageantes, tanto mais honrado podia se sentir o homenageado. Por um lado. Por outro, uma longa lista de homenageantes constituía também uma longa lista de pessoas dispostas a, quando muito, apor seus nomes na lista, sem contudo desejar escrever qualquer contribuição para a publicação comemorativa em questão. E, com freqüência, não queriam escrever porque o catedrático homenageado tampouco contribuíra para as publicações comemorativas em homenagem a esses mesmos signatários. Quando Georg mencionou a *tabula gratulatoria* ao contrário, Bergmann lhe disse de pronto que aquilo soava muito bem. "Então, vamos fazer uma *tabula gratulatoria* ao contrário", sugeriu Bergmann, ao que Georg procurou explicar ainda uma vez que um índice onomástico seletivo seria, no máximo, uma *tabula gratulatoria* ao contrário, ou seja, um índice que homenagearia e reverenciaria as pessoas nele mencionadas pelo simples fato de mencioná-las ali. "Ótimo", disse Bergmann, "perfeito, é o que vamos fazer", e tornou a se dedicar ao índice onomástico. Georg não tinha certeza de que o compositor ao menos o ouvira, mas nada mais disse: apenas repassou com Bergmann a lista de nomes. A discussão do índice foi demorada, mas divertida, pois Bergmann lembrou histórias envolvendo quase todos aqueles que não queria ver citados, histórias que ilustravam por que ele não os queria no índice. Quase a metade das personalidades mencionadas nas memórias, ele não as queria no índice. "Os demais, incluo com muito prazer." Bergmann disse aquilo como se, a cada inclusão de um nome, estivesse fazendo um favor pessoal a Georg. O efeito disso foi provocar em Georg reação correspondente. Quando Bergmann portava-se de forma amistosa em relação ao nome em discussão e decidia: "Por mim, este pode entrar", Georg não apenas acrescentava um sinal de mais em seguida ao nome em questão, como murmurava ainda um breve "legal", um aliviado "ótimo" ou mesmo um "obrigado". Naturalmente, havia também casos duvidosos, sobre os quais o compositor precisava refletir por algum tempo. Um desses casos duvidosos foi o de Nerlinger. Bergmann teria preferido não mencioná-lo. No que se referia a fama, número de obras executadas e expectativa de glória póstuma, Nerlinger era seu pior rival. Decerto, havia ainda Scheer e Witte, ambos da mesma idade de Bergmann e Nerlinger, ativos fazia décadas e de renome internacional; mas Scheer e Witte não representavam concorrência de fato. Numa das noites ao pé da lareira, Bergmann contara a Georg sobre esses seus dois colegas contemporâneos, dando a impressão, a princípio, de que falava de ambos com benevolência. Louvava Scheer e Witte com ênfase, sobretudo por sua obstinação conseqüente, nas palavras de Bergmann. A obstinação de Scheer consistia no fato de ele empregar até gruas e bolas de demolição em suas composições, o que, claro, não era possível apresentar numa sala de concertos normal. Witte, por sua vez, era obstinado na medida em que necessitava de diversos institutos de pesquisa e centros de processamento de dados para compor suas obras. Para uma de suas mais famosas peças para orquestra, "A raiz de 1 de Pitágoras", contara até mesmo com a ajuda do CERN, em Genebra. "Sem a pesquisa nuclear", disse Bergmann, "Witte não faz mais nada." Ele próprio precisava apenas de papel, lápis e apontador. Witte, de um acelerador de partículas. Desejava de Witte e Scheer muitas outras composições com bola de demolição, grua, acelerador de partículas e centros de processamento de dados. "Dou todo o meu apoio", informou Bergmann. Isso deixava as temporadas e salas de concerto livres para suas próprias obras, e todo mundo ficava contente. Assim, Bergmann podia homenagear com relativa tranqüilidade Witte e Scheer em suas memórias. Já quanto a Nerlinger, não podia fazê-lo com a mesma tranqüilidade. Tanto quanto ele, Nerlinger escrevia óperas e sinfonias. A lápis, e apropriadas aos palcos ou salas de concerto. Preferiria nem mencionar Nerlinger. Mas isso chamaria a atenção. Agora, já o mencionara, ainda que uma única vez, e somente porque, na década de 60, ambos haviam estado juntos numa recepção oferecida pelo presidente alemão, e Nerlinger o precedera na fila. "À minha frente, estava Nerlinger", dizia a menção, "e, atrás de mim, Sepp Herberger".* Por certo, não se tratava de menção generosa, mas maldosa, do que o próprio Bergmann tinha consciência, embora assegurasse a Georg que se tratava da mais pura verdade. Georg também era da opinião de que Bergmann não podia deixar de mencionar Nerlinger. Seria prato cheio para a imprensa. Por um breve mo-

---

* Técnico da seleção de futebol alemã campeã do mundo em 1954, Herberger notabilizou-se também por frases lapidares, como "a bola é redonda" ou "o jogo dura noventa minutos". (N. T.)

mento, Georg refletiu sobre se seria possível a Bergmann "esquecer" Nerlinger. Mas como diferenciar o esquecimento da não-menção deliberada? O recurso estilístico-literário para uma tal diferenciação ainda não fora encontrado. Georg propôs-se a examinar essa problemática no âmbito de sua tese de doutorado. A questão nerlingeriana de Bergmann, porém, não podia ser solucionada mediante o esquecimento. Restava apenas a outra alternativa: citar Nerlinger com freqüência. Georg sugeriu a Bergmann a inclusão de novas menções a Nerlinger no livro. De dez em dez páginas, o nome de Nerlinger deveria figurar nas memórias. Da mesma forma como, no *Tristão*, o acorde de Tristão reaparecia a cada dez minutos. Ao ouvir a sugestão, o compositor respondeu de imediato e algo irritado: "impossível"; depois, calou-se por algum tempo, até que, por fim, disse que tinha tido uma idéia. Como o livro terminava com a estada na Escócia e a conclusão de *Piriflegeton para grande orquestra*, mencionaria também a entrega do piano de cauda, a entrevista coletiva, os jornalistas de pele vermelha, a pergunta referente a Nerlinger e a resposta genial que dera. "Essa é a solução", disse Bergmann, e Georg concordou, acrescentando que, sob tais circunstâncias, Nerlinger precisava constar do índice onomástico. "Tudo bem", respondeu Bergmann, de modo que Georg perguntou sem demora se Sepp Herberger entraria também. "Sim, ele também", consentiu, generoso, o compositor. Generosidade maior ainda pareceu a Georg o fato de Bergmann desejar incluir até seu próprio nome no índice onomástico, ao que, embora aparentando impassibilidade, Georg reagiu com grande alegria interior, bem como com o mesmo ardor na garganta e a mesma pressão no céu da boca que sentira ao ver pela primeira vez a limusine do compositor.

De volta a seu quarto berlinense, nas proximidades do Landwehrkanal, Georg seguiu sentindo os efeitos da temporada na Escócia na medida em que, agora, na atmosfera conspurcada e, no verão, também algo fuliginosa de Kreuzberg, logrou escrever uma meia dúzia de poemas escoceses, cristalinos e cintilando a luz do estreito de Scarp. Deixou-os de lado por algum tempo e, depois, enviou-os com os melhores cumprimentos para o endereço italiano de Bergmann, recebendo, então, uma carta manuscrita, na qual o compositor agradecia pelos poemas com um sucinto e prussiano "siga escrevendo assim!", além de informar a Georg que ambos não haviam discutido em detalhes as correções no manuscrito. Ademais, prosseguia a carta, algumas das observações eram ilegíveis. O manuscrito precisava ser revisto ainda uma vez, sem falta, antes de ser enviado à editora. Como, em razão da primeira apresentação de *Piriflegeton para grande orquestra*, teria mesmo de passar uns dias em Nova York, seria mais prático para todos, concluía Bergmann, se Georg também fosse para lá. As passagens lhe seriam enviadas pelo escritório do compositor. Para Georg, viajar até Nova York não era algo prático, como Bergmann supusera, mas a concretização de sonho antigo, o qual, no entanto, ele não conseguira realizar até aquele momento. Primeiro, por motivos financeiros e, segundo, por tímida moderação. Todo mundo, incluindo-se aí todos os seus conhecidos, ia a Nova York fazia algum tempo. E todos se derramavam por Nova York. Se, no passado, o mundo todo ia à Itália, à Grécia ou mesmo à Jamaica ou Cuba, hoje todos iam a Nova York. Não era apenas no refeitório ou na biblioteca da universidade que Georg quase sempre entreouvia conversas de estudantes sobre suas viagens à cidade. Também no escritório da assistência social em Kreuzberg já acontecera de ele ouvir alguns dos beneficiários — que, aliás, com seus terninhos pretos, camisetas, barbas de três dias e cabelos cortados curtíssimos, não se pareciam com receptores de benefícios sociais, e sim com diretores de teatro ou estilistas de moda — conversando sobre suas respectivas experiências nova-iorquinas. Georg tinha mesmo a impressão de que um deles mudara-se de mala e cuia para lá, só retornando a Kreuzberg e à Mariannenplatz para sacar o benefício. Das conversas que tivera com conhecedores da cidade, Georg aprendera que Nova York era, na verdade, Manhattan. "Falar em Nova York é falar de Manhattan." Essa era a frase que vivia ouvindo. Um dia, porém, uma colega de faculdade — que provinha de boa família, tinha cabelos vermelhos como o fogo, vestia camisas brancas masculinas sem nada por baixo e calças jeans com longos rasgos, e estava escrevendo seu mestrado sobre "A inocência perseguida em Sophie de la Roche e Samuel Richardson" — lhe contara que já estivera sete vezes em Nova York. Mas que, nas últimas duas, evitara Manhattan. "Por enquanto, não vou mais a Manhattan", dissera ela. Ia sobretudo ao Brooklyn, vez ou outra ao Bronx, mas, em geral, ao Brooklyn, onde gostava de ficar no Dumbo. Georg jamais ouvira falar no tal Dumbo, e quando ouvia a palavra Brooklyn, pensava logo em *Operação França*, o que o irritava, mas não havia o que pudesse fazer.* A estudante decerto não pensou em *Operação França*, pois, perguntada sobre "como é o Brooklyn", ela franziu o nariz, afastou uma mecha de cabelos com a mão esquerda, sorriu, exibindo os dentes imaculados, e disse: "Vá primeiro a Manhattan". Depois, deu ainda um "tchau" encantadoramente *cool* e se foi para a biblioteca, ao passo que Georg se dirigiu para a cafeteria, para ler folhetos e panfletos. Apesar de tudo, estava ansioso por conhecer Manhattan. Além

---

* Dumbo, ou *Down Under the Manhattan Bridge Overpass*, é o nome dado à área que se estende da ponte do Brooklyn à de Manhattan, reduto de artistas. Em alemão, o filme *Operação França* intitula-se *Ação: [Brennpunkt] Brooklyn*. (N. T.)

disso, não viajaria como turista, o que dava um peso bem diferente à coisa toda. A fim de se preparar para a viagem, pediu para ver diversos guias na livraria, inclusive um que a vendedora recomendara com tamanho gosto que ele foi incapaz de dizer não: *New York para mulheres*. Logo chegaram as passagens e uma reserva para o hotel Washington Square, que, de acordo com o guia de viagem, ficava no coração de Manhattan. Bergmann, informou-lhe seu escritório, ficaria no Plaza. Comunicaram-lhe também data e hora de uma reunião de trabalho no próprio Plaza. O vôo para Nova York partia de Frankfurt e não foi mais emocionante do que uma viagem noturna de trem. Somente quando se aproximavam de Nova York foi que Georg tornou a sentir o ardor na garganta e a pressão no céu da boca, o que interpretou como uma espécie de fobia de palco. A tensão aumentou ainda mais quando, lá embaixo, viu as primeiras luzes e, em dado momento, uma ponte com tirantes iluminados. Disse, então, a seu vizinho de poltrona, um técnico em eletrônica proveniente de Stuttgart, viajando não pela primeira vez aos Estados Unidos: "É a ponte do Brooklyn". O técnico não reagiu à observação de Georg, o que ele julgou antipático até descobrir nova ponte, que também julgou ser a do Brooklyn, não a anunciando de novo, porém, uma decisão sensata na medida em que, já descendo rumo ao aeroporto Kennedy, descobriria uma terceira ponte com tirantes iluminados. Já durante as manobras de aterrissagem, Georg se propusera a ignorar todas as expectativas que nutria e enfrentar a cidade da maneira mais objetiva possível. Não pretendia mais temer sequer o rigoroso controle de desembarque, sobre o qual haviam lhe contado em Berlim. As perguntas contidas no formulário verde de desembarque, ele já as respondera durante o vôo, espantando-se com as explicações ali impressas, dando conta do tempo necessário para o preenchimento: "O tempo necessário para a conclusão do preenchimento pode ser calculado da seguinte maneira: 1) dois minutos para leitura prévia do formulário; 2) quatro minutos para o preenchimento completo, considerando-se um tempo médio de reflexão de seis minutos por resposta". Georg ficou confuso. Desconcertou-o, em primeiro lugar, o fato de estar chegando a um país onde se calculava o tempo médio para o preenchimento de um formulário. E, em segundo lugar, o próprio cálculo constante do formulário, que, além do tempo para leitura e preenchimento, previa ainda seis minutos de reflexão por resposta. Quem, no entanto, precisaria pensar seis minutos para responder se tinha tomado parte em algum ato de sabotagem, no tráfico de drogas ou no seqüestro de crianças? Georg, com certeza, não, e tampouco o funcionário da alfândega chegou a hesitar por um segundo sequer na hora de receber seu formulário, carimbar-lhe o passaporte e liberar o visitante alemão para a entrada em solo americano. Nada mais fácil do que entrar nos Estados Unidos, parecia-lhe agora. E nada mais fácil também do que conseguir um táxi nos Es-tados Unidos. Disso ele já sabia pelo guia de viagem, que estudara durante o vôo. Lera ali que, diante do aeroporto de Nova York, um *dispatcher*, como era chamado, o estaria esperando para indicar-lhe o táxi correspondente. Georg postou-se na fila, e tudo transcorreu conforme o previsto. Um homem em uniforme azul-escuro, que só podia ser o mencionado *dispatcher*, fazia sinal para os táxis e cuidava para que ninguém saísse da fila, cada um embarcando apenas quando fosse a sua vez. Tendo chegado à meia-noite a uma metrópole desconhecida e não desprovida de perigos, o que mais alguém podia querer, além de encaminhado para um táxi por um *dispatcher*? Enquanto ainda observava a organizada distribuição de carros e passageiros, Georg pensou consigo que, ao que parecia, Nova York não podia ser o tipo de cidade na qual só era possível andar nas ruas com um colete à prova de balas. Era, antes, uma cidade em que os visitantes eram encaminhados para seus táxis. Isso o tranqüilizou bastante, propiciando-lhe, então, o necessário sossego para que respirasse o ar quente e um pouco pesado da noite nova-iorquina, contemplasse seus companheiros de fila e se alegrasse com o céu claro de estrelas que encimava o aeroporto. Contudo, quanto mais esperava e se comprazia do pacífico cenário, tanto mais inquieto ia ficando outra vez. Algo estava errado. Tinha alguma coisa de diferente ali. As estrelas brilhavam mais em Nova York? As noites de verão eram mais quentes? Embora não conseguisse identificar nada de extraordinário, tudo lhe parecia não apenas de uma tranqüilidade incomum, como também estranhamente irreal. "Como num filme", pensou, "como num *film noir* com uma trilha rouca de trompetes", mas achou aquele pensamento tão infantil e surrado que melhor seria desculpar-se consigo mesmo. Somente quando o táxi a ele destinado foi convocado pelo *dispatcher* para a zona de embarque e se aproximou, Georg se deu conta do que havia estranhado o tempo todo: a ausência do ruído do motor dos carros. Os carros nova-iorquinos eram tão silenciosos que não se podia ouvi-los. Não andavam: pareciam deslizar sobre colchões de ar. O silêncio proveniente dos carros de Nova York era tranqüilizador. E tranqüilizadora era também sua lentidão. Não aceleravam, não brecavam, não corriam, pairavam sossegados e quase inaudíveis sobre o asfalto. Também o táxi de Georg aproximara-se em silêncio, como se não desejasse ser notado por ninguém. Avançara furtivo, e Georg não pôde evitar a impressão de que os carros nova-iorquinos, e sobretudo os táxis nova-iorquinos, emanavam recôndita malícia. Aparentavam mover-se como num transe, mas, na verdade, estavam bem acordados. A despeito do longo vôo e dos perceptíveis efeitos da diferença de fuso horário, também Georg propôs-se a permanecer tão acordado quanto possível, até chegar em segurança a seu quarto de hotel. Não queria dormir em sua chegada à cidade, já que estava, enfim, realizando um sonho acalentado havia tanto tempo, e tampouco pretendia tirar os olhos do taxista, um indiano, paquistanês ou cingalês que não falava inglês e não entendera o endereço informado por Georg através dos furos para a passagem de ar e som do vidro de segurança. Embora Georg tivesse dito "Washington Square" diversas vezes e com toda a nitidez, o taxista apenas encolhera os ombros. Ao "Manhattan", adicionado a título de informação complementar, reagira, por um lado, com a confirmação *"yes, sir"*; por outro, porém, a fizera acompanhar-se de novo e similar movimento dos ombros, de modo que nada mais restou a Georg senão entregar ao taxista o papel com a reserva do hotel, no qual se podia ler com clareza o endereço. Ele tentou enfiar o papel pelos buraquinhos no vidro, mas não conseguiu. Por aqueles buracos não passaria sequer um canudinho; era provável que fossem tão pequenos para que ninguém pudesse atirar através deles. Enquanto Georg ainda se empenhava por passar-lhe o papel, o taxista tentou abrir a janelinha do vidro de segurança, através da qual se pagava a corrida, mas também não conseguiu, uma vez que algo emperrara no mecanismo. Assim sendo, o motorista desceu, abriu a porta traseira do veículo e recebeu, enfim, o papel da reserva. Uma rápida olhadela bastou; ele devolveu o documento a Georg sem dizer nada e retornou ao volante. Aparentemente, sabia ler, e conhecia a Washington Square. Enquanto o táxi se punha enfim em movimento, o taxista ligou o rádio do carro e, ao mesmo tempo, proferiu uma frase bastante longa, na qual figuravam tanto a cifra "quarenta dólares" quanto a cifra "trinta dólares". Primeiro, Georg entendeu *"forty dollars"*; depois, *"thirty dollars"*; e, de novo, *"forty dollars"*. Não entendeu, porém, o que aquelas somas significavam. Além disso, foi aos poucos se impacientando, a diferença de fuso horário o incomodava: para ele, não era meia-noite, mas seis horas da manhã, e só queria ir dormir. Para pôr um fim pacífico à história toda, decidiu-se pela soma maior e disse *"forty dollars"*, ao que o taxista desligou o taxímetro. Georg não gostou. Não queria envolver-se em algum tipo de ação ilegal. Além do mais, o taxímetro devia ser desligado apenas se a opção tivesse sido pela soma mais baixa, e não pela mais alta. Pelo menos, era assim que se fazia na Europa. Georg, contudo, não sabia como dizer taxímetro em inglês, nada mais lhe restando senão exclamar *"thirty dollars!"* ao motorista do táxi. Em vez de responder à nova oferta, o taxista aumentou o volume do rádio, agarrou-se com as duas mãos ao volante e fitava tão intensamente a rua à sua frente como se, a qualquer momento, contasse com a aparição de um carro na contramão ou de algum animal na pista. Mas não surgiu ninguém na contramão nem qualquer animal selvagem: quase não havia trânsito. Georg imaginara Nova York como um organismo em constante pulsação, cujas ruas cheias cortavam o corpo da cidade à noite feito candentes artérias fosforescentes. Nas ruas, ao contrário, reinavam a escuridão e o vazio, e quanto mais se aproximava da cidade, tanto mais escuras e vazias as ruas. Georg inquietou-se e sentiu também um pouco de medo. Até aquele momento, Nova York havia se revelado uma via expressa mal iluminada e pouco utilizada, na qual ele ia se sentindo cada vez menor e mais perdido. A sensação de pequenez era fortalecida ainda pelo banco traseiro do táxi, tão fundo que, como uma criança, Georg tinha de erguer o nariz para conseguir ver alguma coisa. Talvez, além daquela via expressa vazia, também a profundidade do banco traseiro fosse culpada pelo medo que brotava nele de que o taxista não estivesse rumando para a cidade, mas saindo dela. Afinal, lera em seu guia o conselho para que tomasse certo cuidado em relação aos motoristas de táxi. Devia-se atentar sobretudo para não tomar um *gipsy cab*, e sim um *yellow cab*. Estava ele agora num *yellow cab*? Não prestara atenção nisso ao embarcar, confiando plenamente no *dispatcher*. Dentro do carro, predominava um tom de cinza descorado, e Georg acreditou lembrar-se de que o exterior estava mais para cinza do que para amarelo. Era provável que estivesse num *gipsy cab*, que traduziu como "táxi cigano", algo contra o qual não se poderia, na verdade, ter nenhuma objeção. Mas não lhe agradava que, ao longo de toda a corrida, o motorista não parasse de observá-lo pelo espelho retrovisor. Queria contemplar a noite nova-iorquina sem ser, por sua vez, observado por um taxista. Mas, tão logo parava de olhar pela janela para olhar para a frente, via que o motorista desviava o olhar cravado nele, e tinha certeza de que tornaria a observá-lo assim que voltasse a dirigir o olhar para a própria janela. Através dela, Georg via a mureta de concreto da via expressa, interrompida aqui e ali por uma saída. A única coisa que correspondia um pouco a suas expectativas em relação a Nova York eram as placas verdes de sinalização, nas quais se podiam ler nomes como Queens e Brooklyn, que provocavam nele um certo sentimento de grandeza e, ao mesmo tempo, lembravam-lhe a estudante ruiva. Contudo, não vira sinalização nenhuma indicando Manhattan e, decerto, já estaria bastante nervoso, não o tivesse tranqüilizado uma placa anunciando Flushing Meadows. Isso ele sabia o que era, e logo avistou também as formas redondas do estádio; sabia que Flushing Meadows ficava entre o aeroporto Kennedy e Manhattan. Estavam, portanto, no caminho certo, e era possível que ele não precisasse apelar para seu último recurso. O último recurso contra taxistas trambiqueiros consistia, segundo o guia de viagem, em pedir um recibo ao final da corrida: *"May I have a receipt please?"*. E isso não para, na volta à Alemanha, arrancar alguma restituição de despesas das autoridades competentes, mas para, com discrição, apossar-se do número da licença do taxista, sempre assinalado nos recibos. Agora, enquanto deixavam a via expressa e atravessavam um bairro residencial, tão deserto quanto tudo o que vira até aquele momento, Georg pensava no recibo e no que faria, caso ocorresse alguma irregularidade. O guia de viagem recomendava ao passageiro prestar queixa junto à "Taxi & Limousine Commission", valendo-se de um modelo preestabelecido de reclamação por escrito. Georg procurou reconstituir de memória o tal texto, que lera diversas vezes durante o vôo, e empenhou-se tanto em não esquecê-lo que, ainda que a contragosto, acabou adormecendo. Quando acordou, deu de cara com um rosto cingalês, indiano ou paquistanês, que repetia sem parar "Hotel Washington Square". O motorista se debruçara sobre a porta traseira, e Georg precisou de algum tempo para conseguir se orientar. A bagagem já havia sido descarregada, Georg deu quarenta dólares ao taxista e mais a gorjeta, mas esqueceu de pedir o recibo. Ainda no elevador, rumo ao nono andar, lembrou-se de ter sonhado que era um motorista de táxi que transportava sempre o mesmo passageiro. E esse passageiro era ele próprio.

Na manhã seguinte, depois de um sono breve e intranqüilo, Georg encontrou um ex-colega de faculdade no café da manhã do hotel. Ao que parecia, o hotel Washington Square não era apenas para iniciados. Talvez ainda encontrasse ali um ou outro de seus conhecidos de Kreuzberg ou algum amigo de infância, de Emsfelde. O ex-colega de faculdade contou a Georg que interrompera o curso de germanística, tirara um diploma de marceneiro e, depois, estudara arquitetura. Enquanto Georg saboreava o primeiro *muffin* de sua vida, o amigo informou que não trabalhava como arquiteto, mas em jornalismo, escrevendo sobre arquitetura. Sob esse aspecto, os quatro semestres de germanística não haviam sido em vão. "Do ponto de vista do estilo", conforme dissera. No momento, estava escrevendo uma espécie de "guia arquitetônico secreto de Nova York" Ainda não existia um guia arquitetônico daquele tipo. Pelo menos, era o que pensara até o dia anterior. Ontem, porém, descobrira na Burlington Book Shop da Madison Avenue um livro recém-publicado, tendo por título *Secret architectural treasures*. No fundo, podia voar de volta para casa e esquecer o projeto. Mas tinha um contrato a cumprir e, além disso, já fizera numerosas pesquisas. Grande parte delas tornara-se, agora, supérflua: bastava ler o *Secret architectural treasures*, não havendo necessidade de viajar a Nova York. Sobretudo as dicas verdadeiramente secretas, das quais tanto se orgulhava, estariam em grande medida no tal livro. O Downtown Athletic Club, por exemplo, cujo sétimo piso abrigara por muito tempo um campo de golfe. Ou o Brill Building. Ou o *showroom* da Mercedes-Benz na Park Avenue. Antes que Georg pudesse perguntar o que havia de tão especial e, ainda por cima, secreto num *showroom* da Mercedes-Benz, o ex-colega foi logo dizendo que o fundamental ali era a glamourosa decoração interna, ao estilo Las Vegas, de autoria do, em geral, nada glamouroso Frank Lloyd Wright. O *showroom* tinha sido provido, por exemplo, de uma rampa circular vermelha, sobre a qual as novas limusines posavam, de certo modo, feito vaidosos felinos. Ou assim se expressou ele. De resto, lera formulação quase idêntica no *Secret architectural treasures*, o que significava que, se escrevesse aquilo em seu livro, seria tomado por plagiário. Não pretendia arriscar. Por outro lado, alguma coisa tinha de escrever. O melhor seria jogar fora o projeto das dicas secretas. Depois do lançamento do *Treasures*, o projeto das dicas secretas transformara-se num projeto integrado ao *mainstream*. Georg aproveitara a deixa para dizer ao ex-colega de faculdade que, segundo seu guia de viagem, tanto o hotel Washington Square quanto a própria Washington Square seriam dicas secretas, ao que, com ligeira irritação, o colega respondeu que o mesmo se podia dizer da torre Eiffel e, mais ainda, do canal Grande. Depois disso, voltou-se para a garçonete, pediu mais café e explicou a Georg que seu interesse real tinha por alvo algo bem diferente. Seu interesse não estava voltado nem para o *mainstream* nem para o não-*mainstream*, e tampouco voltava-se para lugares ou não-lugares; seu interesse real estava justamente em ir além da camisa-de-força metodológica e, no fundo, também existencial do *mainstream* × não-*mainstream*, do lugar × não-lugar, do interior × exterior, ou — como vivia lendo nos últimos tempos — da suburbanização × megaurbanização ou exurbanização. No fundo, prosseguiu o ex-colega, não conseguia mais interessar-se por coisa alguma, pois a totalidade da crítica arquitetônica, querendo ou não, enfiara-se nessa camisa-de-força. Ao comentário de Georg de que lhe interessava acima de tudo o modernismo clássico e de que gostaria de ver em Nova York, antes de mais nada, edificações como o Rockefeller Center, o Woolworth Building e também o World Trade Center, o ex-colega respondeu que aquele era precisamente o problema. O que queria dizer, foi o que Georg lhe perguntou em seguida: não gostava do Rockefeller Center? "Esse é precisamente o problema", repetiu o ex-colega, com imperceptível elevação da irritação. Georg podia ir visitar o que bem entendesse. Podia ir ver o Rockefeller Center. Mas não devia, de modo algum, visitar o World Trade Center. Ele próprio, afirmou o ex-colega, jamais tinha ido ver o World Trade Center, nem sequer viria a fazê-lo no futuro. Negava o World Trade Center. Quando, por exemplo, pegava o barco para Staten Island, o que fazia de vez em quando, de fato contemplava o conjunto de Manhattan contra o horizonte, mas negava o World Trade Center. Simplesmente não o via. E, ao olhar espantado de Georg, repetiu: "Não vejo, e pronto!". Repetiu-o tão alto, já quase aos gritos, que chamou a atenção dos demais hóspedes do hotel.

Como Georg tivesse a impressão de que o ex-colega tinha problemas não apenas de natureza profissional, preferiu despedir-se. Quando já havia quase deixado o comprido salão do café da manhã, seu conhecido gritou-lhe: "A gente se vê amanhã!". Isso significava que, nos dias seguintes, Georg teria de tomar seu café da manhã fora do hotel. Afinal, não desejava passar seus poucos dias em Nova York daquela maneira. Hoje tinha tempo. Seu compromisso de trabalho com Bergmann era no final da tarde. E dali a dois dias aconteceria a *première* mundial de *Piriflegeton para grande orquestra*, para a qual o escritório de Bergmann lhe reservara um ingresso. Saiu do hotel e foi, em primeiro lugar, para o Rockefeller Center, onde admirou o mármore negro, os ornamentos dourados e as gigantescas portas de ferro forjado do hall de entrada. O guia de viagem falava em *art déco*. Georg, porém, teve a impressão de estar passeando pela tumba exageradamente suntuosa de um faraó. Tomou o elevador e escolheu ao acaso um dos últimos andares, a fim de observar a vida interior do edifício altíssimo e, talvez, alguns de seus habitantes. Porém, quando pretendeu descer do elevador, já o esperava um guarda, que lhe perguntou se tinha algum compromisso naquele andar. Não tinha, desculpou-se, subiu mais dez andares, desceu do elevador e deparou outra vez com um guarda, que tornou a lhe perguntar se tinha algum compromisso ali. Não, respondeu Georg, não tinha compromisso nenhum. E com quem haveria de ter algum compromisso? Só queria ver o prédio. Mas não disse nada disso, porque o guarda já o obrigava, quase com violência, a retornar para dentro do elevador. Georg apertou o botão do último andar, onde devia haver um mirante, e o elevador o conduziu para cima com rapidez e em silêncio. Ao chegar, Georg moveu o maxilar, buscando aliviar a pressão nos ouvidos. Do mirante, nem sinal. Em vez disso, viu-se num corredor de tapetes macios e iluminação suave. Embora estivesse no septuagésimo andar, e portanto quase no céu, teve a impressão de estar embaixo da terra, e não acima dela. No final do corredor, havia uma porta larga e fechada de vidro fumê, no qual, em letra de mão, lia-se "Rainbow Room". Soava promissor, e Georg avançou rumo à porta, sem ser detido por nenhum guarda. Vencidos mais ou menos dois terços do corredor, a porta de vidro se abriu sozinha, exibindo uma mesa de recepção à qual estavam sentadas duas moças. Deviam ser as recepcionistas, mas, para Georg, não eram recepcionistas, e sim as duas mulheres mais lindas de Nova York. Uma era branca, a outra, negra, ambas com vestidos justos e bem decotados, as duas ocupadas com nada a não ser consigo mesmas. A mulher branca contemplava as próprias unhas, a negra arrumava os cabelos. Então, pararam, começaram a conversar entre si, deram uma breve risada e, a seguir, a negra pôs-se a contemplar as unhas, ao passo que a branca arrumava os cabelos. Georg detivera-se por um instante, hesitando antes de criar coragem e caminhar em direção às mulheres, que seguiam não demonstrando reação nenhuma. A mulher branca, ao contrário, começou a passar batom nos lábios, os quais, no entanto, conforme Georg percebera de imediato, já exibiam uma camada de batom. Georg notara também uma pequena irregularidade, um restinho minúsculo de batom que parecia riscar o lábio superior, prolongando-se para cima, o que lhe provocou os devaneios mais pecaminosos. Ao que parecia, também ela descobrira a irregularidade naquele meio tempo. Enquanto retocava a maquiagem, passando batom de novo, a mulher negra acendeu um cigarro. Suas unhas brilhavam como se salpicadas de poeira de diamante. Depois de dar a primeira tragada, ela olhou pela primeira vez para Georg, parado agora bem diante da mesa. A mulher branca também guardara o batom e olhava para ele. Georg não disse nada; pensava se devia dizer *"hello"* ou *"hi"*. Ao mesmo tempo, contemplava o busto das duas mulheres, subindo e descendo ao ritmo da respiração, e como se salientavam os seios cintilando frios, quase musculosos. Precisou de algum tempo para libertar-se daquela visão e, enquanto isso, já se decidira por um *"hi"* informal, mas, no exato momento em que abria a boca, a mulher loira, com uma voz inesperadamente aguda, quase um guincho, disse-lhe: *"It's closed"*. Depois, tornou a voltar sua atenção para os utensílios de maquiagem, enquanto a negra concentrava-se por inteiro em seu cigarro e na fumaça que expelia pelo nariz e pela boca. Ao que parecia, não haveria conversa com a mulher branca; Georg se restringiria à negra, que, embora inspirando medo, lembrava-lhe um ser dragontino e cuspidor de fogo, de imenso poder de atração, montando guarda defronte a sua caverna, a vigiar tesouros ocultos. Essa impressão foi ainda reforçada pelo vermelho escuro e profundo de sua cavidade bucal, algo que chamara a atenção de Georg quando ele a vira expelir a fumaça do cigarro. Georg, então, disse *"hi"* à mulher negra, o que a fez voltar-se na cadeira, olhar por sobre o ombro esquerdo e emitir um prolongado e algo sombrio "Tony" em direção à sala atrás de si. Antes mesmo de ela tornar a se voltar para Georg, um jovem de terno preto e cabelos curtos ao estilo militar apareceu atrás do balcão, encaminhou-se para Georg, dirigiu-lhe um *"It's closed, sir!"* e o empurrou na direção do elevador, cujas portas abriram-se de imediato. E, antes que Georg pudesse lançar um último olhar às duas mulheres, a porta se fechou e ele disparou, com os ouvidos estalando, rumo ao piso térreo. Já de volta ao hall de entrada, povoado de turistas, precisou parar a fim de pensar um pouco. Continuava sentindo a pressão nos ouvidos, e agora parecia-lhe também carregar nas roupas, nos cabelos e nas mãos o perfume das duas mulheres. Dois perfumes diferentes, para ser preciso, os quais ele se julgava capaz até mesmo de identificar. O que, afinal, guardavam aquelas duas, perguntou-se, o paraíso ou o inferno? Ele, de todo modo, não tivera acesso a seu reino; o paraíso lhe fora vedado, assim como o inferno, o que, ao ser posto para fora por Tony, não fizera senão causar-lhe surpresa; agora, porém, sentia-se ofendido e maltratado. Melhor seria voltar lá em cima e reclamar, mas tinha em seu caminho, em primeiro lugar, o inglês ruim e, em segundo, Tony. Dois fatores a depor contra uma reclamação. Contudo, por teimosia e razões terapêuticas próprias, tampouco desejava deixar o edifício. Assim, caminhou um pouco pelo hall e pelo chamado *basement*, onde uma placa com a inscrição NBC Studio Tours chamou-lhe a atenção. Georg seguiu a indicação da placa, subiu dois lances de escada rolante e logo avistou uma fila de espera, à qual se juntou. Ali, era bem-vindo, notou de imediato. Comprou ingresso para o *tour* e recebeu de uma jovem mulher com um boné da NBC um adesivo com o símbolo da emissora, que colou na lapela. Depois, na companhia do grupo, foi recebido por um rapaz jovem, que, como Tony, vestia terno preto, camisa branca e gravata, tinha os cabelos curtos e apresentou-se como David. Era o guia da visita, falava muito rápido e tinha um sotaque texano. Ou o que Georg julgava ser um sotaque texano. Em primeiro lugar, David conduziu o grupo para um elevador, ao qual não se tinha acesso pelo lado de fora e que conduzia diretamente aos estúdios. Tão logo saíram do elevador, o guia verificou os adesivos, explicando a seguir que se tratava de uma cauda de pavão estilizada; recomendava-se, prosseguiu David, usar o adesivo mesmo depois da visita, e por no mínimo um mês. Depois disso, caso desejassem mesmo fazê-lo, podiam retirá-lo. Isso valia também para visitantes provindos de Utah e Arkansas. O comentário provocou boas risadas no grupo, inclusive de uma loira tingidíssima, que informou a David chamar-se Beverly e ser de Illinois. Evanston, mais exatamente, nas proximidades de Chicago. David então lhe disse que tinha um tio em Evanston, ao que um senhor mais velho, com um chapéu texano, comentou que tinha um irmão que dava aulas na Northwestern University, em Evanston. De novo, o grupo todo se alegrou, dando início bem-humorado à visita. Os estúdios da NBC foram uma decepção, na medida em que se compunham predominantemente de corredores estreitos com pé-direito baixo e salas pequenas, nas quais se faziam trabalhos burocráticos ou técnicos. Aos visitantes, permitia-se observar secretárias diante de suas máquinas de escrever e engenheiros de som à frente de ilhas de edição, o que a maioria fez com grande interesse. Enquanto caminhavam pelos corredores estreitos, David ia falando da história da NBC, de programas de rádio de sucesso e de toda uma gama de seriados que nada diziam a Georg. Seu seriado preferido havia sido "Mister Ed", com o cavalo falante, mas "Mister Ed" nem foi mencionado na exposição de David. O *tour* ficou um pouco mais interessante quando o grupo foi levado para um dos auditórios dos programas de entrevistas, o qual, no entanto, encontrava-se em estado lamentável. Entre as fileiras de cadeiras, esparramava-se todo tipo de lixo, e o carpete destacara-se em parte do chão, formando ondas, com pedaços faltando aqui e ali; tampouco o palco passava qualquer impressão de brilho e glamour. A poltrona do entrevistado era parafusada ao chão. Atrás dela, podia-se ver que o estofamento não fora suficiente, tendo sido mal e porcamente pregado às costas da cadeira. A mesa do entrevistador, que parecia ser de madeira maciça, quando vista de longe, revelava-se, examinada de perto, uma espécie de mesa dobrável, feita de algum tipo de papelão, aparentemente tão leve que se podia transportá-la com uma mão só. O estado do auditório não parecia preocupar David; ele listou os nomes das personalidades famosas que já se haviam sentado àquela mesa, o que impressionou os visitantes. Georg teria preferido dar meia-volta e ir embora, pois o auditório do programa de entrevistas era decerto o ponto alto do *tour*. O ponto alto, porém, foi a visita ao estúdio de notícias, no qual David começou por mostrar alguns truques de sonoplastia. Um desses truques era uma manivela num balde de latão, por meio da qual se podia imitar uma sirene da polícia. Um outro truque era um sarrafo de madeira ligado a outro por uma dobradiça. Batendo-se um sarrafo contra o outro, produzia-se um som parecido com um tiro. David demonstrara ambos os truques, a sirene e o tiro, e Georg parecia ter sido o único a não se impressionar com a demonstração. No estúdio de notícias, havia também algumas cadeiras, nas quais os visitantes se acomodaram. David agora anunciava um *quiz*, mas, antes disso, queria saber de onde era cada visitante. Já conhecia Beverly e o homem com o chapéu texano; os demais, nenhum deles de Nova York, mas gente que viajara bastante para chegar ali, muitos em sua primeira estada na cidade, apresentaram-se, e Georg também precisou se apresentar. "*I am from Berlin*", disse, ao que David perguntou: "*North or South?*". Era uma piada, para a qual, no entanto, Georg não estava suficientemente preparado. "*Southeast*", respondeu ele, referindo-se não ao sudeste de Berlim Ocidental e tampouco ao sul de Berlim Oriental, mas a Berlim SO 36: o sudeste de Kreuzberg. A fim de não ser mal entendido, acrescentou precisão à resposta, dizendo: "*Southeast thirty-six*". David, por sua vez, não estava suficientemente preparado para aquela resposta de Georg e lhe perguntou a seguir se estava gostando de Nova York. O que ele haveria de responder? Sua imagem momentânea de Nova York compunha-se da corrida de táxi, da conversa com o mentalmente perturbado ex-colega no café da manhã, da expulsão do Rainbow Room e da visita ao emporcalhado auditório de entrevistas da NBC. A isso, acrescentavam-se agora as perguntas de David. "*It's okay*", disse Georg, para pôr fim ao assunto. Melhor seria que tivesse dito "*It's just great*" ou "*It's *marvellous, it's wonderful*", pois, de súbito, Beverly e, depois, alguns dos outros visitantes começaram a raspar os pés no chão e a assoviar. De início, Georg pensou que aquilo era parte da próxima atração no programa da visita, mas logo ficou claro o que estava acontecendo: ele estava sendo vaiado. Sentado num estúdio nova-iorquino, Georg estava sendo vaiado. No futuro, aquilo decerto daria uma boa anedota, mas, no momento, o sangue subia-lhe à cabeça, e Georg pôde, por assim dizer, observar sua própria cabeça adquirindo uma coloração vermelho-escura, à beira de um derrame. Ao mesmo tempo, sentia uma espécie de cãibra, como se o vermelho da cabeça fosse se enrijecer nos vasos sangüíneos, bloqueando-os. Se existia algum tipo de distonia mental, era o que ele estava tendo. Por sorte, David foi adiante no programa da visita, que consistia agora em adivinhar a música-tema de certos seriados televisivos. Eram cerca de duas dúzias de temas, que David punha para tocar, e sempre o grupo todo gritava o nome do seriado correspondente após uns poucos compassos. Numa das vezes, Georg reconheceu o tema de "Flipper" e, por sorte, não gritou o nome do seriado: na verdade, não era o tema de "Flipper", e sim o de um seriado que lhe era inteiramente desconhecido e provavelmente passara apenas nos Estados Unidos. Quando o verdadeiro tema de "Flipper" foi tocado, Georg já nem prestava atenção, entretido que estava com o planejamento do restante de seu dia. Iria a seguir para o Central Park, para comer alguma coisa e descansar um pouco. Depois, tinha o compromisso no Plaza. Teria preferido partir de imediato, mas os visitantes não podiam locomover-se pelos estúdios desacompanhados. Teve, portanto, de aguardar o encerramento oficial da visita e, com ele, a última das surpresas que David reservara aos visitantes. Tratava-se de uma simulação da previsão do tempo, para a qual um voluntário foi requisitado. O primeiro a se candidatar foi o homem do chapéu texano, a quem David posicionou diante de um mapa meteorológico. À maneira dos jornais televisivos, o homem tinha agora de ler um texto no *teleprompter* contendo a previsão meteorológica. Naturalmente, não se tratava de uma previsão autêntica, mas de uma brincadeira inofensiva, que anunciava chuva de cachorros-quentes e neve caindo nas Bahamas. Era coisa de criança, mas o voluntário fez bem o seu papel. Agiu feito um apresentador de telejornal, não deixou transparecer nenhuma irritação com o texto brincalhão, e mesmo as risadas do grupo, que se divertiu a valer, não pareceram impressioná-lo. No fim, recebeu aplausos entusiasmados, curvou-se, tornou a pôr seu chapéu texano e fez uma cara de pessoa feliz e bem-sucedida que, plena de satisfação, contempla a obra de sua vida. Os visitantes também ostentavam a mesma expressão de felicidade e sucesso no rosto; Georg era o único com uma cara emburrada: não que lhe agradasse, mas era de sua natureza — sua natureza emslandiana. Teria preferido exibir a felicidade e a generosidade que o homem do chapéu texano, Beverly e todos os demais claramente sentiam naquele momento. Teria preferido não pensar consigo: que bando de crianças esses americanos são. Muito melhor teria sido admitir para si e para o mundo o sinal de maturidade e sabedoria de vida que era poder entregar-se a divertimentos ingênuos. Ao deixar o Rockefeller Center, sentia-se tão exausto que resolveu se conceder um táxi. Desceu numa das entradas do Central Park, onde estudou o quadro das direções possíveis e decidiu tomar o rumo do restaurante à beira do lago. Para o que desse e viesse, tinha consigo o guia de viagem, no qual pôde ler que no Central Park se encontravam banqueiros de Wall Street e babás provindas de Trinidad, maratonistas e deficientes físicos, sem-teto e milionários, pintores amadores, contadores de histórias e cantores de ópera fracassados. Georg, porém, só viu gente bastante normal e ficou contente com isso: no momento, a mistura descrita no guia teria sido demais para ele. O restaurante à beira do lago também lhe pareceu bastante normal, ele encontrou um lugar no terraço e admirou-se com a gôndola veneziana preta, amarrada a um pilar bem diante dele. Bebia vinho branco gelado, do qual tinha pedido uma garrafa, estava saboreando um peixe grelhado e tinha, enfim, a sensação de ter chegado a Nova York. Entristecia-o apenas o fato de estar sozinho ali; não tivesse bebido vinho, que lhe subia à cabeça ao sol do meio-dia, aquele seria o momento de sacar seu bloco de notas e registrar uma anotação. Contudo, o bloco de notas permaneceu no bolso do casaco; Georg abriu mão da anotação, preferindo desfrutar o momento. "Estou desfrutando este momento", disse uma voz em sua cabeça, o que, aliás, não lhe agradou. Queria gozar a vida sem aquela frase que uma voz mecânica pronunciava em sua cabeça, feito um gravador ligado. A cada taça de vinho que bebia, a voz fazia-se um pouco mais baixa. Esvaziada a garrafa, a voz se calara por completo, e Georg pediu ainda um frasco do vinho da casa. "*Open wine*", disse ao garçom, o que levou este último a trazer-lhe o cardápio das sobremesas. Não havia menção ali ao vinho da casa e, assim sendo, Georg pediu nova garrafa do vinho que acabara de beber. Era um vinho leve, gelado, e ele coletou as gotas derretendo-se na superfície da garrafa para umedecer a testa e as têmporas; bebia o vinho, desfrutava o momento, já não ouvia a voz e contemplava a gôndola, que, de súbito, pareceu-lhe o barco de Caronte a conduzir as almas ao mundo subterrâneo. Estava sentado à margem do Stix, à beira do Lete, do Ems ou do Tibre, talvez do canal Grande. Em algum momento, vozes de crianças e cadeiras sendo arrastadas na mesa ao lado o acordaram. Devia ter cochilado, já não havia ninguém almoçando, mães chegavam com seus filhos. Não viu babás de Trinidad. Amistoso, o garçom o deixara cochilar, embora a conta já o aguardasse em cima da mesa, o que o despertou de vez e de imediato. A soma estampada na conta correspondia a cerca de um terço do que a Assistência Social em Kreuzberg lhe concedia, a título de manutenção mensal. Se dependesse da Assistência Social, ele podia almoçar no Central Park três vezes por mês, tendo, no entanto, de passar fome nos demais dias. Pagou a conta feito um vigarista de alta classe, o garçom manteve-se imperturbável, assim como imperturbável se manteve também ao receber a gorjeta, uma soma com a qual Georg teria podido financiar uma refeição completa num restaurante de Emsfelde. Depois, deixou o local. Sentia a conta do restaurante roendo-lhe o estômago. Ali estava ela de novo, a pequenez de sua natureza emsfeldiana; odiou-se pelo estômago roído, o que agora lhe corroía também a alma. Quase sóbrio e de ressaca, pôs-se a caminho do Plaza. Andar lhe fez bem; a meio caminho, parou para tomar um copo médio, como o chamavam, de café. O copo de plástico devia conter pelo menos meio litro, o que era bom: o café diluía o álcool em suas veias. Queria ter clareza de raciocínio ao se encontrar com Bergmann. O Plaza não era muito longe e, nesse meio tempo, o parque ganhara mais vida, pois Georg via agora, de fato, gente fazendo *jogging* e andando de patins; viu até mesmo uma babá de cor, e um homem vagando sozinho, na casa dos quarenta, meio gordinho, pálido, barba por fazer, com um olhar ao mesmo tempo choroso e à espreita, parecendo o típico tarado branco e anglo-saxão do Central Park. Ficou observando aquele homem, que, logo sentindo-se observado, voltou-se na direção de Georg. Enquanto se olhavam, Georg foi seguindo adiante e acabou por pisar com toda a força no calcanhar de um pedestre à sua frente. Levou um susto, pois tratava-se de um gigante de pele escura, camiseta realçando os músculos, tatuagem no antebraço, chapéu com guarnição em prata e um rádio sobre o ombro. Georg conhecia o tipo de vê-lo no cinema, o típico líder de gangue, extremamente melindroso, facílimo de se irritar e rancoroso. E Georg acabara de pisar em seu calcanhar. O gigante negro, porém, não sacou faca ou revólver, e tampouco cravou Georg no chão do Central Park com um soco. Em vez disso, Georg ouviu algo como um alto e doloroso "*autch!*" sair da boca do homem. Desculpou-se com um "*sorry, sir!*", ao qual o gigante não reagiu, nem sequer voltando-se para Georg: apenas foi embora, mancando e xingando baixinho. Georg o seguiu por um tempo, pois ele também ia na direção do Plaza, mas tratou de manter distância segura, para o caso de o líder de gangue resolver, afinal, mudar de idéia e reagir. Em dado momento, seus caminhos se separaram, e Georg chegou ao hotel bem na hora. Faltavam três minutos para as cinco da tarde. Um porteiro uniformizado abriu-lhe caminho para o hall sem mais delongas. A recepção anunciou sua chegada e ele tomou o elevador para um dos últimos andares, onde Bergmann encontrava-se hospedado numa suíte. Diante da suíte de Bergmann, Georg bateu na porta. Enquanto esperava, viu, a alguma distância, dois homens de terno preto parados no corredor, ambos revelando certa semelhança com o Tony do Rainbow Room. Eles o observavam, e Georg desejou, em silêncio, que lhe perguntassem se tinha um compromisso. Infelizmente, não perguntaram nada, apenas seguiram observando-o. Como ninguém abrisse a porta, Georg ficou um pouco nervoso. Além disso, sentia os olhares dos Tony às suas costas. Bateu de novo, mas nem sinal. Os dois homens tampouco davam qualquer sinal, a não ser olhar fixo em sua direção. Somente então Georg descobriu a existência de uma campainha. Tocou e, segundos depois, a porta se abriu e Bruno o deixou entrar. Até aquele momento, Georg tinha uma sólida idéia de que aspecto um quarto de hotel devia ter. Aquela suíte, porém, contradizia qualquer idéia que pudesse ter tido a respeito. Não viu cama alguma, não viu aparelho de TV, não viu criado-mudo e tampouco guarda-roupa. Em vez disso, viu um grupo de antigos móveis estofados, uma mesinha de centro também antiga, uma antiga secretária, vasos enormes de porcelana, um galgo em tamanho natural, também de porcelana, e uma lareira, sobre a qual um espelho emoldurado em ouro subia quase até o teto. Na lareira, havia até lenha, mas não estava acesa; afinal, era verão. Ademais, Georg viu ainda um lustre pendendo do teto e paredes revestidas de uma estampa vermelha e dourada, do tipo que, em geral, se encontrava nos castelos. Bruno ofereceu a Georg um lugar para se sentar e disse que Bergmann já vinha. "Belo quarto", disse Georg. Bruno não respondeu; apenas pigarreou. E Georg se calou também. Tornava a sentir certa inibição diante de Bruno, o que, em não pequena medida, se devia ao fato de Bruno o ter cumprimentado apenas muito de passagem. Cumprimentara-o como quem cumprimenta um vizinho que todo dia passa e dá uma espiadinha. Que Georg tivesse feito um longo vôo, o mais longo de sua vida, e que se reencontrassem agora em Nova York, tendo se visto pela última vez nas ilhas Hébridas, nada disso transparecera no cumprimento de Bruno. "Acho que ele vem vindo", Bruno disse de repente, olhando para a porta ao lado da lareira, que devia conduzir aos demais cômodos da suíte, mas não foi Bergmann quem surgiu, e sim um homem mais moço, na casa dos trinta, vestindo um blazer azul com um brasão no bolso sobre o peito e uma gravata listrada. Bruno apresentou-os, o homem se chamava Steven, vinha de Londres e era o novo secretário de Bergmann. Aparentemente, Bergmann tinha agora dois secretários: Bruno e Steven. E Bruno tratava o novo secretário de forma bastante amigável, o que levou Georg a concluir que isso não era problema para ele, Bruno. Steven disse que tinham uma montanha de coisas a fazer e que, desde que chegara a Nova York, Bergmann não havia tido um minuto de sossego: compromissos com a imprensa, ensaios, negociações com promotores culturais em Toronto e San Francisco, negociações com a editora, relativas à publicação da tradução para o inglês das memórias, preparativos para a entrega de um prêmio da Academia Americana de Artes, ocasião em que Bergmann teria de fazer um discurso de agradecimento, e assim por diante. "O senhor Zimmer veio a propósito das memórias", Bruno disse a Steven, ao que este informou existirem já pré-contratos para tradução e publicação em seis países. O manuscrito, porém, ainda não estava pronto. Foi quando a campainha tocou, Bruno abriu a porta e por ela entrou uma mulher jovem, que Bruno apresentou como Mary, genuína habitante de Manhattan e ex-aluna de composição de Bergmann. Agora, ela estava trabalhando para o compositor, passando a limpo suas partituras. Fazia, portanto, com as partituras mais ou menos o que Georg estava fazendo com o manuscrito das memórias. Eram colegas, o que alegrou Georg, sobretudo porque Mary era uma jovem bastante atraente. Não tinha nada das duas damas celestiais ou infernais do Rainbow Room, de quem Georg já não queria lembrar-se como tão bonitas assim. Achava-as, agora, apenas metidas, idiotas e más, embora, para ser honesto consigo mesmo, tivesse de reconhecer que se ajoelharia de novo à visão do brilho gélido e algo musculoso daqueles seios. Mary, porém, era outra coisa. Tinha o tipo esportivo, com um sopro de melancolia ao redor dos olhos verdes e ruguinhas minúsculas em torno da boca. Com seu jeans apertado, os cabelos loiros tendendo para o vermelho e a blusa clara, ela parecia uma gracinha do subúrbio, mas, quando falava, transformava-se de repente na criatura mais irônica e escaldada de Washington Square. Em resumo, era irresistível. Infelizmente, não queria demorar-se muito; viera apenas para trazer a Bergmann algumas partituras que acabara de concluir. "Ainda o *Piriflegeton?*", Georg perguntou ao vê-la retirar de uma pasta as grandes folhas de papel e depositá-las sobre a mesa. Fizera a pergunta de modo algo desavisado e apenas para mostrar que conhecia bem o trabalho de Bergmann, afinal, não haveria de imaginar que a partitura da obra estivesse sendo passada a limpo na véspera da execução. Mary, de fato, ergueu um pouco as sobrancelhas, mas respondeu com simpatia que o *Piriflegeton* estava pronto fazia muito tempo e que Bergmann agora se ocupava de uma peça intitulada *Elysian fields*. Era também uma peça para orquestra e, de certo modo, a continuação do *Piriflegeton*. Música que não falava de tormentos, mas da felicidade. Da paz elísia. Da salvação das almas. A coisa mais difícil a que um compositor podia se propor. Nesse instante, ouviu-se um ruído atrás da porta ao lado da lareira, levando Bruno a anunciar de novo: "Aí vem ele". Mary parou de falar, Georg também não disse mais nada, e Steven já não parecia, de fato, um mestre na arte da conversação. Todos esperavam por Bergmann, que não apareceu. Em vez disso, entrou na sala uma senhora asiática baixinha, que, educadamente, curvou-se em todas as direções e, de pronto, deixou a suíte. "A senhora Lin", Bruno disse, como se aquela informação explicasse tudo. À pergunta de Georg sobre se a senhora Lin era música, Bruno esclareceu que se tratava da fisioterapeuta de Bergmann, uma profunda conhecedora de todas as técnicas possíveis, ocidentais e orientais, que já ajudara o compositor uma vez, anos antes. Naquela época, ele sofria de um tipo particular de enrijecimento dos músculos. Não dos habituais músculos dos ombros e da nuca, mas dos músculos das mãos, e sobretudo da mão com que escrevia. E aquele enrijecimento dos músculos tinha, agora, reaparecido, desde que Bergmann concluíra o *Piriflegeton* e dera início aos *Elysian fields*. Os campos elísios não faziam bem a Bergmann, pensou Georg. A redenção das almas o deixava tenso. "A tensão é desagradável", prosseguiu Bruno, "porque Bergmann já não consegue segurar o lápis com firmeza." Bruno olhou para Steven, Steven olhou para Mary, e Georg teve a impressão de que sabiam mais do que estavam revelando. Mas o que sabiam eles? Além disso, Georg notara que Steven esboçara um breve sorriso, quase um sorrisinho maroto. O sorrisinho, porém, desaparecera de pronto, pois, atrás da lareira, ouvira-se novo ruído. Antes que Bruno pudesse dizer "aí vem ele", a porta se abriu e Bergmann adentrou o recinto. Estava mudado. Tinha um aspecto mais sombrio do que em Scarp. Seus olhos e também sua postura pareciam mais rígidos do que no primeiro encontro com Georg. Os cabelos fartos reluziam um prateado um pouco mais forte, e o perfil hispano-aristocrático parecia ter sido afilado com uma lima. Tinha, de fato, um aspecto mais sombrio, mas mais importante também. Mais importante ainda. De novo, Georg pensou "Brahms", e ainda "Beethoven", mas dessa vez pensou também "Bergmann", e o nome ecoou em sua cabeça como o de um homem que vez por outra desce do convívio com os deuses para presentear os mortais com sua arte. Na verdade, Bergmann mostrava-se um pouco ausente, parecia procurar alguma coisa, sem ter olhos para os visitantes. "Mary e Georg estão aqui", disse Bruno, ao que Bergmann respondeu com um "ótimo", deu a mão primeiro a Mary, depois a Georg, ao mesmo tempo que informava a Bruno estar procurando seu gilê. "Que gilê?", perguntou Bruno. "O gilê!", exclamou o compositor, um tanto irritado. Como Bruno seguisse olhando-o com uma expressão interrogativa, Bergmann acrescentou bem alto, quase de forma descontrolada: "O colete escuro com as listras irregulares esverdeadas, meu Deus do céu!". Nesse momento, Mary se levantou, disse que não queria incomodar por mais tempo e despediu-se. "Você já vai?", perguntou Bergmann, saindo ele próprio da sala em seguida, para continuar na busca pelo colete. "Nós vamos ajudar o senhor", disse Bruno, fazendo um sinal a Steven e a Georg para que o acompanhassem. Entraram pela porta ao lado da lareira, que dava para um novo cômodo à maneira de um salão, que, por sua vez, ligava-se ao quarto de dormir e servia tanto de quarto de vestir como de escritório. Sobre uma mesa, Georg viu as folhas grandes das partituras com a já familiar escrita a lápis de Bergmann. Deviam ser os *Elysian fields*, e, já à primeira vista, Georg percebeu que ali não havia — ou, ao menos, não na primeira folha, que encimava as demais — aglomerados de notas borbulhando, fermentando, pulsando e cozinhando. Tal como a neve ligeira, as notas distribuíam-se soltas e espaçosas pela folha. Ao lado das partituras, estava também o manuscrito, com as anotações de Georg. Também nesse caso Georg contemplava a folha de cima e notou de imediato que ela estava exatamente do mesmo jeito que a deixara na Escócia. Hoje, pretendiam trabalhar no manuscrito, mas, no momento, a perspectiva não era de que Bergmann fosse se lembrar do motivo para aquela reunião de ambos. Nesse meio tempo, o compositor abrira o guarda-roupa e começara a retirar dele todos os seus ternos, calças, paletós e camisas, o que Bruno observava com expressão atônita. Como Bruno não parecesse disposto a ajudar no esvaziamento do guarda-roupa, Steven pôs mãos à obra, empilhando as roupas sobre um divã estofado. O gilê, porém, não estava entre as peças retiradas, e agora procedia-se ao exame das malas, que o próprio Steven trouxe do cômodo a elas destinado, dispondo-as no chão, abrindo-as, permitindo a Bergmann inspecioná-las para, em seguida, guardá-las outra vez no referido cômodo. O gilê não estava em parte alguma, o que enfureceu o compositor de tal forma que ele começou a amaldiçoar Deus, o mundo e, em especial, a governanta de sua casa siciliana, o que, por sua vez, amedrontou Steven de tal maneira que ele se desculpou pela ausência do colete, embora, tanto quanto os demais presentes, não tivesse culpa nenhuma. Bergmann, porém, não se deu por satisfeito, continuou xingando e esbravejando, até, por fim, pedir a Georg que telefonasse para a governanta em San Vito Lo Scapo, que, afinal, devia saber onde estava a tal peça de roupa. Aparentemente, não teve coragem de pedir o favor a Bruno, que seguia observando a cena com ar ausente. À objeção deste último de que não seria de grande utilidade descobrir que o colete encontrava-se no guarda-roupa da residência siciliana, o compositor não esboçou reação; assim sendo, Georg discou o número indicado, pediu *"un momento"* à governanta, do outro lado da linha, e passou o telefone a Bergmann. Que, em tom severo, determinou à empregada busca imediata pelo colete, determinação a que, ao que tudo indica, ela atendeu, pois Bergmann depositou o fone sobre a mesinha do telefone e, ainda praguejando e amaldiçoando o mundo, deu prosseguimento à própria busca. Como também no banheiro e nos diversos cabides nada encontrasse, pediu, enfim, a Georg que lhe servisse um uísque do bar, irlandês, de preferência. No bar, havia toda uma bateria de garrafinhas de uísque — canadense, americano, inglês e escocês —, mas nenhuma de uísque irlandês, e menos ainda do Tullamore Whisky, leve e suave, o preferido de Bergmann, encontrável em qualquer esquina irlandesa; Georg serviu-lhe, então, um uísque escocês, que Bergmann, no entanto, recusou. Mandou que Steven chamasse o serviço de quarto e pedisse uísque irlandês. O secretário pegou o fone, ainda e sempre ao lado da base do aparelho, e dele retumbava a voz desesperada da governanta siciliana. Steven não sabia o que fazer. Ouviu de novo a voz, olhou para Bruno, para Georg e, por fim, para Bergmann, dizendo afinal: *"Un momento per favore"*. Então, passou o fone para o compositor, anunciando "San Vito", ao que este tornou a perguntar sobre o colete desaparecido, que a governanta, porém, não fora capaz de localizar em parte alguma, nem no guarda-roupa de Bergmann nem na lavanderia, recebendo, então, do compositor, ainda furioso e irritado, a missão de procurá-lo no quarto de passar roupa, pois em algum lugar havia de estar. Ainda que tanto Steven quanto Bruno e Georg percebessem com clareza que Bergmann, ao que parecia, tinha perdido toda e qualquer noção de espaço e tempo — pois o colete, também na condição de reaparecido, seguia afinal na residência siciliana, e não em Nova York —, ninguém ousou fazer referência a esse problema espaço-temporal, a fim de não se expor ao perigo de transformar-se no novo alvo da ira do compositor. Depois de, imóveis e em silêncio, fitarem por alguns instantes o telefone — que, a Georg, parecia agora com uma jaulinha branca, em cujo interior compartimentado a governanta corria feito um rato de um lado para o outro, à procura do colete —, Bergmann tornou a perguntar sobre o uísque, pondo-se de imediato a xingar a porcaria do serviço de quarto, incapaz de servir-lhe até mesmo um simples uísque irlandês, de modo que só podia se perguntar de quem fora a idéia de hospedá-lo naquela espelunca, como disse. Com muito cuidado, Steven lembrou ao compositor que ainda nem chegara a falar com o serviço de quarto, ao que Bergmann silenciou, tornou a pegar o fone, ainda sobre a mesinha e conectado a San Vito Lo Scapo, e, sem titubear, solicitou que trouxessem três uísques irlandeses à suíte 2312. Somente a voz da governanta, agora já apavorada e audível no cômodo todo, restaurou-lhe a razão, e a ordem espaço-temporal de sua existência terrena. Então, com um "voltamos a falar sobre o colete", o compositor lançou o fone de volta à mesinha, dizendo a todos que o melhor era que fossem até o bar do hotel, tomar um drinque. Antes mesmo que alguém tivesse tido tempo de concordar, Bergmann desapareceu do quarto, pondo-se a caminho do elevador; Steven, Bruno e Georg correram atrás. Apenas no elevador, descendo macio e silencioso pelos muitos andares, Bruno ousou chamar a atenção do compositor para o fato de que o telefone mantinha ainda a conexão com a Sicília, ao que todos tornaram a subir, e Bergmann encostou o fone ao ouvido, a fim de se certificar de que a governanta continuava na linha. Ela tomara ao pé da letra o "voltamos a falar sobre o colete" e, de fato, seguia na linha, com o intuito de não incorrer outra vez na ira de Bergmann. Em tom algo mais ameno, o compositor desejou-lhe uma boa noite, pôs o fone no gancho e saiu de novo, seguido por Bruno, Steven e Georg. Os dois Tony, como Georg chamara em segredo os dois homens, continuavam à toa pelo corredor. *"Bodyguards"*, Bruno disse baixinho a Bergmann, que chamara a atenção para os dois. Aparentemente, Bruno sabia o que estavam fazendo ali, ao contrário de Bergmann, que lhe perguntou ainda se era um serviço providenciado pelo próprio hotel ou se o Lincoln Center estava pagando os seguranças. Bruno precisou, então, esclarecer o malentendido, pois os *bodyguards* não eram para o compositor, e sim para um conhecido político americano, hospedado no mesmo andar. Bergmann perdeu o interesse nos dois homens e nem sequer quis saber de que político americano se tratava. Em vez disso, marcou alguns compassos no ar e assoviou um pouco. Era provável que fossem compassos dos *Elysian fields*, e Georg acreditou até mesmo ser capaz de perceber alguma diferença em relação ao *Piriflegeton*. Os outros também ouviam com atenção o assovio de Bergmann. Estavam claramente acostumados a vê-lo ocupar-se de suas composições em presença deles. Ninguém disse mais coisa alguma, nem durante o trajeto no elevador nem no caminho até o bar; somente Bergmann seguia gesticulando e assoviando. Apenas no bar, onde um pianista tocava um piano de cauda e, à chegada de novos clientes, atacava com vigor um pouco maior as teclas, Bergmann parou de assoviar, voltando-se para o uísque que Bruno pedira para ele e para os outros. O compositor tomou um gole e perguntou a Bruno por que havia um pianista ali, ao que este, em vez de responder, passou a pergunta a Steven, que reagiu com algum nervosismo, incapaz de pronunciar mais do que um gaguejante "o quê, como?". "Vamos embora", disse Bergmann, e saiu correndo do bar, de modo que os demais nada puderam fazer senão acompanhá-lo. De volta ao elevador, o compositor comentou que só no Ritz de Barcelona se estava, em certa medida, a salvo de pianistas, mas infelizmente era raro que fosse a Barcelona. "Devíamos ter mais compromissos em Barcelona", disse ele a Steven, que, como tudo o que o compositor dizia, levou a sério a observação e fez cara de quem poria de imediato todas as engrenagens em movimento para conseguir para Bergmann um concerto em Barcelona. Já na suíte, o compositor disse a Georg que estava na hora de porem mãos à obra, embora não lhes restasse muito tempo, pois tinha um compromisso à noite. Com o diretor da Orquestra Sinfônica de Chicago, em quem pretendia desenvolver o gosto pelos *Elysian fields*. "Ele vai se espantar", Bergmann disse ainda, sem mais explicações. A seguir, convidou Georg a acompanhá-lo à sala menor, onde se sentaram juntos à escrivaninha, para examinar o manuscrito. De novo, estavam sentados como dois colegas de escola, cotovelo a cotovelo, dividindo escrivaninha, e outra vez Georg sentiu quanto o emocionava aquela amistosa proximidade. Tinham acabado de começar a rever as primeiras correções quando o telefone tocou. Bergmann atendeu e deu início a uma conversa em francês, da qual Georg não entendeu muito mais do que os repetidos e alegres *"merveilleux! merveilleux!"* de Bergmann. A conversa estendeu-se bastante, e Georg nada pôde fazer senão esperar. Depois de desligar, o compositor lhe contou que o governo francês desejava prestar-lhe uma homenagem, nomeando-o *Chevalier des Arts et des Lettres*. Na verdade, a distinção não se fazia acompanhar de prêmio em dinheiro, mas, ainda assim, de um jantar com o presidente francês. "Nerlinger também recebeu", comentou e, com o sorrisinho algo diabólico que Georg já conhecia, acrescentou: "Mesmo assim vou aceitar. Por misericórdia". Quando haviam enfim retornado ao exame do manuscrito, Bruno entrou, dizendo que o compositor teria de sair em vinte minutos e que ainda precisava se trocar. "Continuamos amanhã", Bergmann disse a Georg. De preferência, às cinco da tarde de novo, porque à noite tinha de ir ao *Dick Raymond Show*, e Georg podia ir junto. Georg disse apenas "com muito prazer", embora pudesse, na verdade, dar pulos de alegria. Já se imaginava de volta à Alemanha, mencionando muito de passagem à estudante ruiva sua visita ao *Dick Raymond Show*. É claro que contaria a ela também que tinha ido com um velho conhecido seu, um convidado de Dick Raymond. A estudante ruiva empalideceria, disso tinha certeza. E Georg não diria o nome do "velho conhecido". O nome não importava, diria, ao que a estudante ruiva provavelmente se afastaria mais uma vez, torcendo o nariz e o considerando um convencido e um impostor. Georg, porém, voltaria ao refeitório da universidade. E dessa vez como vencedor, não como derrotado. E, como um vencedor, tomou o caminho de volta ao hotel, que o conduziu pela Broadway até Washington Square, onde ele se deteve por algum tempo, para contemplar o movimento na praça e ao redor da fonte. Era uma noite quente de verão, e todas aquelas pessoas que, segundo seu guia de viagem, deveriam estar no Central Park estavam agora na praça: ele viu babás de Trinidad, pintores diletantes, maratonistas, deficientes físicos, contadores de histórias e cantores de ópera fracassados. Além disso, viu diversos donos de cachorro acompanhados dos respectivos animais, todos encontrando-se numa área isolada da praça, o assim chamado *dog run*, onde podiam soltar os cães das coleiras. Contudo, a maioria dos animais aparentemente não tinha nenhum interesse em ser solto. Enquanto os humanos da Washington Square exibiam comportamento frenético — afinal, havia também ali traficantes, diversos músicos de rua e turistas sob o efeito de álcool ou haxixe —, os cachorros no *dog run* primavam pelo excelente comportamento. Às estrepolias pela areia, muitos deles preferiam permanecer sentados nos bancos, ao lado dos donos ou donas, observando a atividade dos demais. Vez por outra, parecia mesmo haver mais cachorros sentados nos bancos do que saltitando pela região. Alguns dos donos de cães tentavam, com belas palavras, convencer os animais a se comportarem mais em consonância com sua espécie; outros os empurravam com força para fora dos bancos, o que não os impressionava muito, pois, na primeira oportunidade, tornavam a se sentar para observar a atividade animalesca a seus pés. Verdadeiros habitantes de uma metrópole, enfim, o que, de certa forma, aplicava-se também aos *squirrels* que povoavam os gramados da praça, alimentando-se, entre outras coisas, de batatas fritas, sem nem mesmo recusar *ketchup*. Só não gostavam de nozes. Georg pudera observar um *squirrel* dispensando algumas avelãs jogadas em sua direção, mas segurando com grande graça uma bisnaga de *ketchup* entre as patas dianteiras, a fim de lambê-la até o fim.

Após uma pesada noite de sonhos e ainda cansado, Georg não tomou o café-da-manhã no hotel, e sim num *coffee shop* perto da praça; depois, retornou ao hotel, conseguiu, felizmente, dormir de novo e acordou a tempo de, sem pressa, pôr-se a caminho do Plaza. Entrou no hotel a passos firmes, como um hóspede habitual, e o resultado foi que o porteiro o cumprimentou como tal. Fez-se anunciar na recepção e tomou o elevador até a suíte de Bergmann. Tocou a campainha e, dessa vez, Bergmann em pessoa veio abrir a porta. O compositor vestia uma espécie de quimono doméstico e calçava chinelos de palha; aparentemente, tinha dormido e acabara de se levantar. Parecia não se importar em atendê-lo daquela maneira, o que Georg interpretou como um sinal de confiança. Mesmo em Scarp, Georg só vira o compositor em trajes corretíssimos; com freqüência, sentava-se para o jantar vestindo até mesmo gravata. Bergmann disse que havia dormido, mas que se aprontaria com rapidez. Enquanto Georg esperava, Bruno surgiu com uma pilha de jornais, além de vários buquês de flores. Cumprimentou Georg com um "*hi*", à americana e, outra vez, tão de passagem como se já o tivesse visto uma dúzia de vezes durante o dia; Georg respondeu com outro "*hi*" e ficou vendo Bruno distribuir os buquês por diversos vasos, e os vasos, pelos diversos cômodos da suíte. Então, Bruno desapareceu, dizendo que precisava cuidar da limusine. Bergmann não precisou de muito tempo: vestia, já, o terno escuro e uma cintilante gravata prateada para o *Dick Raymond Show*. Restavam-lhes quase duas horas para trabalhar. Georg lia as passagens a corrigir e sua correspondente sugestão; Bergmann dizia "o.k." ou ditava a correção a fazer, e Georg a incluía no manuscrito. Se continuassem trabalhando naquele ritmo, precisariam apenas de mais um encontro para terminar. Georg estava satisfeito, e Bergmann parecia igualmente satisfeito. Depois de uma hora, porém, o compositor foi ficando inquieto, levantava-se com freqüência da cadeira e caminhava pelo cômodo. Ainda não começara a remar, tampouco cantarolava ou assoviava, mas Georg pressentia que não levaria mais muito tempo até que começasse a fazê-lo. Estavam revendo uma passagem sobre a figura mitológica de Mirra, que Bergmann confundira com mirto, a planta, quando o compositor tornou a se levantar, dizendo que seu novo secretário, Steven, tinha estudado música em Londres e estava agora escrevendo uma tese de doutorado sobre ele. Oferecera-lhe o emprego como secretário com o intuito de ajudá-lo. Depois, o compositor perguntou a Georg se estava estudando, ao que, não sem espanto, Georg respondeu que já se formara e estava escrevendo seu doutorado. "Interessante", comentou Bergmann, sem pedir mais detalhes. Se, pouco antes, Georg se comovera com o fato de, como dois amigos, estarem sentados lado a lado, agora estava chocado com o fato de Bergmann ter, aparentemente, esquecido tudo o que Georg lhe contara em Scarp. Esquecera Mnemosine, esquecera o rio Lete, esquecera o doutorado sobre a literatura e o esquecimento. Georg se aborreceu com o esquecimento de Bergmann, mas, por outro lado, compreendia que um Beethoven ou um Brahms tivesse mais o que fazer do que se ocupar de teses de doutorado ainda por escrever. Além disso, Bergmann parecia gostar dele, mesmo sem o doutorado. Isso Georg notou quando o compositor mais uma vez se levantou de um salto e, sem remar ou assoviar, mas caminhando de um lado para o outro do cômodo, em meditação, exclamou de súbito: "Preciso de um hino!". "Para as memórias?", Georg perguntou, obtendo como resposta que ele precisava de um hino para os *Elysian fields*. Tinha acabado de decidir que transformaria o quarto movimento da peça num coro. Uma espécie de coro final, uma apoteose da paz, da felicidade, da redenção. Ainda que numa época dilacerada. Por isso mesmo, aliás, um hino numa época dilacerada. Mas um hino, ainda assim. "Totalmente fora de época", disse Bergmann, "uma coisa inteiramente anacrônica", Scheer e Witte virariam na tumba, caso não estivessem vivos. Infelizmente, prosseguiu, não tinha um hino apropriado à mão. "Mas você escreve poemas", disse a Georg, "e poderia muito bem escrever o hino." Claro, tinha de ser um belo hino, ponderou o compositor, um hino acachapante, pensava em Hölderlin, por exemplo, mais do que em Schiller, mas num Hölderlin do presente. "Um Hölderlin", continuou Bergmann, "que, por certo, vaga pela Suábia, mas que, ao mesmo tempo, mora numa cobertura em Nova York. Naturalmente, não precisa ser uma cobertura, pode ser uma casinha no Greenwich Village ou, por mim, até no Dumbo." Ali estava de novo o tal Dumbo, pensou Georg. Também Bergmann parecia conhecê-lo; ao que tudo indicava, a estudante ruiva não era nada boba. "Algo entre Nova York e Nürtingen", explicou Bergmann, "para deixar mais claro o que estou querendo dizer." Georg não tinha lá muita certeza de que entendia o que o compositor estava querendo dizer, razão pela qual, por medida de segurança, não disse nada. Bergmann, então, acrescentou: "Stuttgart, de jeito nenhum".* Depois, calou-se, e Georg sentiu o coração bater forte e o sangue subir-lhe à cabeça. Tinha a boca seca e, na verdade, teria preferido beber alguma coisa ou sair, para tomar um pouco de ar fresco. Em vez disso, arriscou: "Um hino a Stuttgart, não", ao que Bergmann lançou-lhe um olhar espantado e, com voz séria, perguntou: "De onde você tirou essa idéia?". Em seguida, o compositor acrescentou apenas que acertariam os detalhes depois, na Sicília, de preferência. Georg disse: "Com muito prazer", respirou fundo algumas vezes, era como se o sangue em sua cabeça corresse em espiral. Enquanto procurava estabilizar a circulação sangüínea, regularizando a respiração, Bruno apareceu, avisando que a limusine estava pronta. Steven já se fora para o Odeon Theatre, onde aconteceria o *Dick Raymond Show*, para dar uma olhada no local. Bergmann, então, deixou a suíte sem mais delongas, e Georg o seguiu, ao passo que Bruno juntou ainda algumas coi-

---

* Nürtingen: cidade alemã de 40 mil habitantes, a meia hora de Stuttgart. A esta última, Hölderlin dedicou uma de suas elegias. (N. T.)

sas para, depois, sair correndo atrás dos dois. No hall, esperava por eles um homem vestindo traje de esquiador, Frederick, que se apresentou como o assistente do *Dick Raymond Show* encarregado de acompanhar Bergmann. O compositor não pôde deixar de perguntar ao homem se ele praticava esportes de inverno, recebendo como resposta: "No verão, nunca". Era verão, mas Bergmann não fez mais perguntas: o que fez foi somente exibir sua cara de artista mundialmente famoso, que pensava apenas em sua arte. Primeiro, contemplou o céu de Nova York com extrema concentração; depois, com idêntica concentração, voltou os olhos para a Quinta Avenida; por fim, já com ar indiferente, olhou para a limusine estacionada bem diante dele. Tratava-se de uma daquelas limusines espichadas, de cor creme, com pelo menos o dobro do comprimento do Bentley de Bergmann, tendo um motorista uniformizado ao volante. Bruno poderia, portanto, viajar no banco traseiro, e segurou a porta para o compositor. Em vez de embarcar, Bergmann perguntou, olhando para o veículo: "Mas o que é isto?". Bruno respondeu: "É o nosso carro", ao que o compositor retrucou que não entrava num carro daqueles. "É demasiado vulgar; prefiro pegar o metrô ou ir a pé." E, com essas palavras, Bergmann pôs-se em movimento, subindo a Quinta Avenida com a espinha ereta e a fronte elevada, em direção ao norte — aliás, a direção errada. Bruno correu atrás dele, e Georg ficou observando-o convencer o compositor, até, enfim, conseguir fazer com que entrasse no carro. Georg ficou feliz por Bergmann ter cedido. Por diversas vezes em Nova York, aquelas limusines superdimensionadas haviam atraído sua atenção, e ele sempre imaginara que as pessoas que delas se serviam deviam ser gente dada a excessos, gente frívola, em alguma medida. Infelizmente, não se podia ver o interior das limusines, porque os vidros ou eram escuros ou vedados por cortinas; ainda assim, Georg podia imaginar a

·luxuosa decoração, os grossos tapetes e os bancos macios. A limusine de cor creme, no entanto, revelou-se uma decepção, uma vez que seu interior exibia mobília escassa, e tapete nenhum. Em vez de assentos confortáveis, estofados ou em couro, a parte traseira do veículo exibia dois bancos com revestimento sintético dispostos em sentido longitudinal. Os passageiros sentavam-se na limusine espichada em duas fileiras, uma defronte à outra, como no metrô. Acima dos bancos, na altura da cabeça do passageiro, havia até mesmo uma alça na qual segurar, o que tornava o efeito metrô quase completo. "Horrível", foi tudo o que Bergmann disse ao se acomodar num dos bancos laterais, silenciando, então, enfaticamente. Georg teria gostado de conversar com o homem em traje de esquiador, sobre o trabalho dele e o *Dick Raymond Show*, mas ficou quieto, a fim de não incomodar o compositor. Não era muito longo o trajeto até o Odeon Theatre, onde muitas pessoas já se aglomeravam, esperando para entrar. Frederick conduziu o carro para uma rua lateral, onde ficava o acesso direto ao palco. Bruno e Steven puderam acompanhar Bergmann pelas dependências do palco, ao passo que Georg foi levado para a entrada principal por uma jovem uniformizada, funcionária do teatro encarregada de indicar ao público seus respectivos assentos, e conduzido através da multidão. Pôde, então, observar como várias daquelas funcionárias do teatro dividiam o público à espera em pequenos grupos, deixando entrar um de cada vez. A entrada de cada grupo sempre provocava gritos de alegria em seus componentes, que, tão logo viam caminho livre à sua frente, disparavam em busca de assento nas primeiras fileiras. Também Georg foi acomodado nas primeiras fileiras do auditório, próximo da banda. Dos músicos, ainda não havia sinal; em compensação, no palco e nos acessos laterais a ele, postavam-se diversos homens, em traje de esquiador, como Frederick, ou vestindo casacos pespontados; eram, ao que parecia, os responsáveis pela segurança. Demorou algum tempo até que o auditório se enchesse, e, aos poucos, Georg foi percebendo por que os homens vestiam trajes de inverno. Tinha a ver com a baixa temperatura no interior do Odeon Theatre. A sala era tão gelada que Georg começou a temer por sua saúde, tanto quanto, aparentemente, a própria equipe do show. Apenas o público parecia não se incomodar com a temperatura, boa parte dele vestindo roupas leves, alguns, até bermudas. Mesmo depois de acesos os holofotes, tendo a banda já tocado o número inicial, o público sido aquecido por um assim chamado animador e o show já começado — na verdade, era a gravação de um programa de televisão —, o frio permaneceu o mesmo do começo. Aparentemente, aquele gelo era a temperatura ideal para o apresentador, recebido de forma frenética pelo auditório: um homem magro, aparentando muita energia, vestindo um terno escuro e uma radiante camisa branca, que lembrou a Georg as camisas brancas engomadas que seu pai costumava usar. Dick Raymond deu início ao show com um monólogo cômico que levou o público ao delírio, mas do qual Georg não entendeu quase nada. Sobretudo as piadas esportivas, saídas dos domínios do beisebol e do futebol americano, eram totalmente incompreensíveis para um não-americano, mas também os jocosos comentários políticos eram, antes, para iniciados. Um deles fazia referência ao cabelo do prefeito de Nova York. Quem, contudo, não sabia que cara tinha o prefeito de Nova York tampouco podia rir de seu cabelo. O público, porém, delirava, e antes de terminado o monólogo inicial Georg via apenas rostos radiantes na plateia. Ele próprio continuava gelado, mas Dick Raymond parecia ter se aquecido. Isso porque, já na primeira pausa — o intervalo comercial, podiam-se ver as propagandas em diversos monitores —, ele tirou o casaco, jogou-o sobre uma cadeira e começou a conversar com um de seus colaboradores.

Decerto, estava com calor, mas não suava, nem na testa nem embaixo do braço, Georg podia vê-lo muito bem. E pôde ver também que, no momento em que tirou o casaco, o apresentador assumiu outra expressão e outra postura corporal. Já não parecia amigável e muito menos engraçado, mas tinha agora o aspecto de um *manager* ocupando-se naquele instante de resolver um problema de pessoal. Seu corpo já não exibia aquela elasticidade peculiar, que parecia estender-se pela sala e pela câmera adentro. Agora, parecia o presidente de um conglomerado industrial durante pausa para o cafezinho. No monitor, Georg viu o último comercial e a vinheta do programa. No momento em que a vinheta começou, Dick Raymond tornou a vestir o casaco, retomou a expressão facial mais alegre, sentou-se com uma precisão de um segundo e anunciou os convidados. Primeiro, entrevistaria um ator de seriado de televisão; depois, uma modelo; e, por fim, Bergmann. Georg ficou decepcionado. Esperava ver celebridades, gente como Woody Allen, Madonna, Arnold Schwarzenegger ou ainda Paul McCartney. E agora, aquilo. O ator de seriado de televisão, recebido pelo público com o mesmo entusiasmo com que recebera Dick Raymond, estava trabalhando numa nova versão de *Lassie*. *The New Lassie* chamava-se o novo seriado, e o que o ator tinha para contar era que também a nova Lassie não seria feita por um único cachorro, e sim por vários. Isso Georg podia imaginar, porque fora assim com a antiga Lassie também, que nunca chegara propriamente a como-vê-lo. No passado, seu seriado preferido tinha sido *Mister Ed*. Se tivesse ficado sabendo que Mister Ed não era um cavalo só, mas vários, isso o teria chocado de verdade. Mas, no caso de Mister Ed, isso não fora necessário. Lassie era feita por vários cachorros porque cada um deles sabia fazer um ou dois truques específicos, ao passo que Lassie, a superinteligente estrela da televisão, era capaz de fazer dezenas de truques. Truques demais para uma só collie. Além disso, a Lassie da televisão exibia vários traços de caráter, era ora suave e reservada, ora enérgica e agressiva, ora infantil, ora melancólica, o que também era demais para uma só collie. De resto, embora a estrela da televisão fosse uma fêmea, para representar certos traços de caráter em cenas específicas, usavam também machos. Claro que, nesses casos, o órgão genital não podia aparecer. Mas, afinal, desde quando exibiam o órgão genital de um collie na televisão? Mister Ed não sabia fazer truque nenhum. Mister Ed não era capaz de coisa alguma. Só sabia falar. E isso não era um truque, mas me-ra impossibilidade. Que cavalos não falavam, isso Georg já sabia desde criança. Apesar disso, Mister Ed o fascinava; não falava de verdade, mas fazia movimentos contínuos com os lábios superior e inferior, e, ao fazê-los, mostrava os dentes. O dublador se servia desses movimentos para dar uma voz ao cavalo. Pensando nisso agora, Georg perguntava-se se os movimentos dos lábios não eram, talvez, motivados por algum distúrbio psíquico do animal. Mister Ed era nervoso? Tinha alguma doença obsessiva? Ou tinha apenas alguma coisa entre os dentes, que deixavam lá de propósito, para que ele fizesse os tais movimentos? Depois de novo intervalo comercial, a modelo apareceu no palco. Sabia fazer várias coisas: era modelo fotográfico, manequim e recordista de mergulho. Era capaz de permanecer vários minutos embaixo d'água e já vencera competições nessa área. Agora, tentaria um novo recorde, e para esse fim um tanque de vidro cheio d'água foi empurrado para o palco. A instalação parecia não querer dar certo de primeira, de modo que Dick Raymond ficou nervoso e convocou novos técnicos para o palco, a fim de que o tanque, que parecia um bécher de laboratório superdimensionado, fosse posicionado a contento. A modelo tirou seu roupão de banho, por baixo do qual vestia um maiô vermelho com um cinto de chumbo, e entrou no tanque. Acompanhou-a um jovem de cabelo comprido, que foi apresentado como seu professor de mergulho, usava o equipamento correspondente, incluindo-se aí máscara e tubo de oxigênio, e que deveria ficar ao lado dela. Tendo já modelo e professor mergulhado juntos, Raymond anunciou seu último convidado. Ao que parecia, desejava poupar tempo, aproveitando também os minutos que a modelo permaneceria debaixo d'água. Quando Bergmann entrou no palco, os aplausos não foram tão frenéticos quanto aqueles para o ator de seriado, mas, ainda assim, foram amigáveis. O compositor, ao contrário, não parecia com cara de muitos amigos. Movimentava-se com grande lentidão e transmitia imagem mais rígida e estatuária do que de costume. Suas mechas de cabelos prateados cintilavam à luz dos holofotes, a pele morena do rosto e o perfil severo impressionavam. O corte elegante do terno acentuava a impressão. Quando apareceu no palco, hesitando por um instante e, então, encaminhando-se a passos lentos para a mesa de Raymond, que se levantou para estender-lhe a mão, seu aspecto era o de uma aparição saída do dicionário de música. Algo como um longuíssimo verbete do *Grove* ou do *MGG* surgido entre os homens. Bergmann tinha uma aura, isso se podia sentir com nitidez; Georg o sentia até com nitidez exagerada, mas não parecia que esse fosse o caso de Dick Raymond. Ele deu a mão ao compositor, convidou-o a se sentar e, sem mais, perguntou-lhe se também acreditava que a modelo bateria de novo o recorde de mergulho naquela noite. Bergmann não respondeu à pergunta: voltou-se na direção do tanque e fez como se não compreendesse o que, afinal, estava se passando. Depois, disse que estava ali para falar sobre música e que o resto não lhe interessava, ao que Dick Raymond, dirigindo-se ao público, informou que a nova obra de Bergmann teria sua primeira apresentação mundial no dia seguinte, no Lincoln Center, e recomendou a todos que fossem ao concerto. "Está esgotado", disse Bergmann, sucinto. "Esgotado!", exclamou Dick Raymond, agora num tom de feirante e já um tanto histérico. "Os ingressos para a apresentação estão esgotados!", gritou para o auditório. Depois, calou-se por um breve momento, o primeiro da noite em que Dick Raymond, por um décimo de segundo, pareceu não saber o que dizer. O décimo de segundo passou depressa, e ele perguntou então: "Como se chama mesmo a peça?". De novo, Bergmann respondeu de modo sucinto e, antes, com má vontade: "*Piriflegeton para grande orquestra*". Nesse instante, soou alto um sinal, indicando que a modelo acabara de igualar seu antigo recorde. Agora, cada segundo era importante, de modo que Dick Raymond levantou-se da mesa, postando-se ao lado do tanque, a fim de contemplar de perto os acontecimentos. A modelo seguia firme, a situação ganhando um pouco em dramaticidade apenas pelo fato de a jovem mulher ter agarrado a mão do professor de mergulho, agachada no fundo do tanque ao lado dele e de mãos dadas. Aquilo tocou o público, que jamais vira um casal de mergulhadores de mãozinhas dadas. Raymond contava os segundos em voz alta, o tempo era exibido por um relógio, e tudo indicava que a modelo agüentaria mais meio minuto. O auditório vibrava com a modelo, desejando-lhe sucesso. Somente Bergmann nem sequer se dava ao trabalho de girar a cabeça para acompanhar os acontecimentos. Em vez disso, mantinha-se imóvel, o olhar perdido, sofrendo. Que estivesse sofrendo, era provável que apenas Georg notasse, e mais ninguém. Bergmann já sofrera na limusine espichada, e agora sofria no *Dick Raymond Show*. Por sorte, seu padecer não se estendeu por muito mais tempo. Um novo sinal soou, a jovem mulher melhorara seu recorde anterior em trinta e quatro segundos; ela soltou o cinto e emergiu. Aplausos em profusão, Raymond estava feliz, a modelo, com falta de ar, um auxiliar estendeu-lhe o roupão de banho, ela se curvou em agradecimento, Raymond cumprimentou-a, e ela desapareceu do palco. O professor de mergulho não teve pressa. Não esqueceu sequer de apanhar o cinto de chumbo, antes de emergir também ele. Nesse meio tempo, a banda começara a tocar a vinheta de encerramento, e Raymond se despediu: *"Good night, folks!"* — no monitor, viam-se já os créditos, as portas do auditório se abriram e vários técnicos e ajudantes apareceram no palco. Um deles retirou o microfone da lapela de Bergmann, o que o compositor suportou imóvel. Então, as cortinas se fecharam, a banda parou de tocar e Georg deixou o auditório. Não ficou esperando na porta de acesso ao palco, pois não queria encontrar Bergmann, que provavelmente estava de mau humor. Pegou o metrô de volta para o hotel e adormeceu pensando no concerto do dia seguinte. No dia seguinte, dirigiu-se ao extremo sul de Manhattan, sentou-se por um tempo no Battery Park, observando os turistas que pegavam o barco rumo à Estátua da Liberdade, em Ellis Island. Eram muitos; diante da bilheteria, formavam-se filas imensas, de modo que Georg, que teria gostado de visitar a Estátua da Liberdade e a Ellis Island, pegou o barco para Staten Island. O tempo de espera não era grande e, além disso, a travessia era gratuita. No barco, havia uns poucos turistas e muitos viajantes cotidianos. Os turistas mantinham-se junto à grade, a fim de contemplar Manhattan no horizonte; os viajantes cotidianos desapareceram de imediato no interior do barco, interessados em ler seus jornais ou simplesmente se sentar. Em Staten Island, Georg desembarcou, olhou em torno sem saber direito o que fazer e, de repente, ouviu a voz de gravador em sua cabeça. "Estive em Staten Island", disse a voz. Não gostava daquela voz. Ela vinha do futuro. Privava-o do presente. Ele, porém, queria aferrar-se ao presente, ainda que triste, ainda que deprimente. O presente que estava vivendo naquele momento consistia num armazém em ruínas e em diversos caminhões já quase com aspecto de sucata, estacionados numa área recoberta de cascalho, bem ao lado do cais. Georg subiu até uma elevação contendo casas de madeira. A maioria parecia desabitada. Ele gostava daquelas casas de madeira americanas, que conhecia da televisão. Cheiravam a café fresco e eram habitadas por jovens mães bem-humoradas e pais simpáticos, de grande senso prático. Eram como a casa da Lassie; Mister Ed olhava para dentro pela janela da cozinha e ganhava uma cenoura. Também as casas de madeira que Georg via em Staten Island lembravam-lhe a felicidade dos seriados de televisão. Estava claro, porém, que essa felicidade não existia ali. Georg via vidros quebrados nas janelas, uma cadeira sem assento caída num jardim, uma cortina esburacada voando ao vento, presa ao caixilho de madeira de uma janela semi-aberta. Continuou subindo pela colina, até onde já não havia casas de madeira, mas blocos habitacionais. Não sugeriam jovens mães bem-humoradas e pais simpáticos. As únicas pessoas que chegou a ver foram jovens de cor, ocupando-se de um carro estacionado. Georg não conseguiu ver se estavam consertando o carro, se o estavam desmontando ou em vias de arrombá-lo e roubá-lo. Seguiu adiante, na direção dos jovens; estava apreensivo, mas não queria sentir medo. Só turistas viam em ca-da jovem de cor um criminoso. Ele não era turista, estava em viagem de negócios relacionados ao ramo artístico e queria se comportar como alguém acostumado a caminhar por ruas como aquela. Além disso, pisara nos calcanhares de um líder de gangue, sem que nada lhe acontecesse. O que haveria de acontecer com ele ali? E, enquanto convencia-se a se tranqüilizar, observou que um dos jovens deixara o carro de lado e olhava agora para ele. Georg prosseguiu, mas, enquanto isso, também os outros foram deixando o carro de lado; a cada passo adiante que dava, novo par de olhos voltava-se em sua direção, de modo que logo o grupo todo o observava. Já não se interessavam pelo carro, mas única e exclusivamente por ele. E não era só isso. Tinham tomado posição. Formavam uma fileira cerrada, um ao lado do outro, e o encaravam. Georg começou a suar na testa, diminuiu o passo, não sabia o que fazer. Sentia-se atingido em sua honra. Devia fugir, capitular, apenas porque alguns jovens barravam-lhe o caminho e o encaravam? Queria ser corajoso e não capitular, do que se envergonharia depois, mas, antes mesmo que terminasse de formular em pensamento o propósito de resistir, deu meia-volta e pôs-se a correr tanto quanto podia em direção ao cais. Somente ao alcançar terreno seguro, ousou olhar para trás. Ninguém o havia seguido. Aparentemente, ele se enganara, e os rapazes eram inofensivos. Tinha capitulado, era um covarde, envergonhava-se de sua covardia e fazia-se as piores recriminações. Que bom que ninguém o havia visto. "Staten Island, nunca mais!", disse a si próprio já no barco, lançando um último olhar para o cais. Pela paisagem de Manhattan, aproximando-se no horizonte, não tinha interesse. Estava deprimido e folheava um exemplar abandonado do *New York Times*. Abriu nas páginas culturais e viu um retrato de Bergmann, ladeado pelo anúncio do concerto da noite. Quando, no finalzinho da tarde e depois de um descanso no hotel, Georg se pôs a caminho do Plaza, de onde partiria para o Lincoln Center com Bergmann, Bruno e Steven, ainda se recriminava por sua covardia em Staten Island. Bergmann já fora covarde alguma vez? Já tinha corrido de alguma coisa na vida? Bergmann não era de fugir. Era, antes, do tipo que não saía do lugar, quando se sentia ameaçado. Ou, então, do tipo que ficava furioso, surpreendendo o inimigo com sua fúria. Tinha, afinal, inimigos? Parecia ter pelo menos um, pois, ao chegar à suíte do compositor, Georg encontrou-o altamente irritado e furioso. O pretexto para a irritação de Bergmann era Nerlinger, que havia se manifestado sobre ele no *Le Monde* e, perguntado sobre o que achava da intenção de se nomear Bergmann *Chevalier des Arts et des Lettres*, respondera sem mais delongas: "Bergmann é um gênio". Ao que parecia, Nerlinger tinha lido a matéria do *Shetland Post* e agora reagia à altura. Bergmann estava fora de si. Já estava vestido para o concerto, trajando terno preto e sapatos envernizados, mas agitava-se tanto que Bruno precisou desatar a gravata-borboleta e abrir o botão de cima da camisa. O compositor ponderava a sério se devia escrever uma carta ao *Shetland Post*. Ou, melhor ainda, à direção do Festival de Edimburgo. Ou ao ministro da Cultura escocês. Os escoceses tinham, por acaso, um ministro da Cultura? Bruno não soube dizer, e tampouco Steven. Bergmann disse que a Escócia provavelmente não tinha um ministro da Cultura, mas, em compensação, dois da Agricultura, ao que Bruno sugeriu que o melhor era ignorar a coisa toda, ao mesmo tempo que pediu permissão ao compositor para tornar a abotoar o botão de cima da camisa e refazer o nó da gravata. Enquanto Bruno ajeitava-lhe a roupa, Bergmann disse ainda que, em primeiro lugar, precisava urgentemente de um uísque e, em segundo, que achava melhor processar Nerlinger. "Por imitação dolosa", concluiu o compositor, ao que Steven serviu-lhe um uísque, sem, contudo, reagir à piada. Depois de beber o uísque, Bergmann parecia ter reencontrado totalmente seu melhor humor, de modo que o trajeto até o Lincoln Center transcorreu em clima de razoável distensão, sobretudo porque não o fizeram a bordo de uma limusine espichada, mas num Lincoln preto, enviado pelo organizador. Bergmann estava até um pouco eufórico, em virtude da primeira apresentação de sua obra, que já se avizinhava, e mesmo Steven estava mais falante do que de costume, enredando o compositor numa conversa sobre o emprego da cadência plagal numa composição antiga do mestre. Georg nunca tinha ouvido falar em cadência plagal, mas Steven e Bergmann pareciam inteiramente familiarizados com ela, o que contribuiu para aumentar o respeito de Georg em especial por Steven, que, até aquele momento, lhe passara a impressão antes de ser um camareiro tímido do que um competente musicólogo. Agora, porém, Steven parecia mudado. Era como se, pela primeira vez, tivesse a oportunidade de conversar com Bergmann sobre a obra do compositor e, portanto, sobre seu próprio trabalho — dele, Steven. Contudo, sua felicidade não durou muito tempo. Quando a limusine entrou pela praça defronte ao Lincoln Center, o compositor encerrou a conversa com um enfático "amém", provocando em Steven um sorriso de concordância. Aparentemente, aquele "amém" havia sido um exemplo de cadência plagal final e, assim, alguma piada para iniciados, feita entre conhecedores. A limusine deteve-se diante da entrada para os artistas, e o procedimento repetiu o da noite anterior: Steven e Bruno entraram com Bergmann, ao passo que Georg, que recebera de Bruno o seu ingresso, foi em busca da entrada para o público em geral. O hall estava cheio de gente, alguns erguendo cartazes nos quais se lia "procuro ingresso". Outros aguardavam diante da bilheteria por ingressos não resgatados ou devolvidos. Bergmann tinha razão, os ingressos estavam esgotados, e disso Georg pôde convencer-se também no interior da sala de concertos. Seu lugar era na platéia, não muito à frente, à esquerda. Steven e Bruno já haviam se acomodado em poltronas próximas. Ao que parecia, aquele era o canto reservado aos amigos e colaboradores de Bergmann. Georg não conhecia ninguém; somente um casal de mais idade pareceu-lhe familiar, mas não sabia dizer onde os vira antes. Infelizmente, não havia nem sinal de Mary, o que o deixou decepcionado: alegrara-o a perspectiva de revê-la. Na verdade, ansiava mais pelos olhos verdes de Mary do que pela obra inédita de Bergmann. Nesse meio tempo, também os músicos haviam ocupado seus lugares, e a iluminação da sala começou a se apagar, o que fez calar o burburinho reinante. Agora, aguardava-se pela entrada do regente, que, no entanto, não entrava. Por um longo e torturante momento, nada aconteceu. Então, em vez do regente, Bergmann e Mary surgiram na porta mais próxima ao palco, conversando tão desenvoltos a caminho de seus lugares que era como se estivessem passeando. Enquanto se sentavam, o público começou a aplaudir, fazendo com que o compositor tornasse a se levantar e se curvasse. Tendo o compositor se acomodado outra vez, apareceu também o regente, *sir* John Fields, um americano com um título de nobreza inglês, o que era incomum e permitia supor que o regente era também portador de um passaporte britânico. *Sir* John foi recebido com entusiasmo pelo público nova-iorquino. Até Georg aplaudira. Mas aplaudira não tanto o regente ou Bergmann, e sim, e acima de tudo, Mary, que agora não tinha mais o aspecto de uma estudante de faculdade, não vestia blusa e calça jeans, mas parecia uma dama jovem e elegante, proveniente dos melhores círculos de Manhattan. Estava usando um vestido preto, colado à pele, com alças muito finas, e tinha os cabelos presos no topo da cabeça; Georg pôde admirar a anatomia dos ombros, da nuca e do pescoço, enquanto o regente erguia sua batuta e a orquestra começava a tocar. Ressoava enfim o *Piriflegeton*, parecendo algo diferente do que Georg havia imaginado. Pelo menos no começo. Ele ouviu cordas soando baixas, ouviu um raspar e arranhar; depois, uma percussão seca e novo raspar e arranhar, aumentando aos poucos de volume até transformar-se numa espécie de som de cordas que lhe era familiar. Mas, tão logo identificou o som familiar de cordas, ele tornou a desaparecer, dando lugar a um doloroso e pungente ruído metálico, interrompido agora por sons que se assemelhavam a tiros de pistola ou estalos de chicote. Breves estalos de chicote, sem qualquer eco, rendidos de imediato por cordas distendidas e lancinantes. Então, as cordas arrastaram atrás de si uma nota de flauta, chorosa, exausta, exaurida, de certo modo, a qual, por sua vez, se fez seguir primeiro de um único, depois de vários trompetes, num som que parecia antes produto de um hálito do que de um sopro. Deviam ser as bordas exteriores do mundo subterrâneo, os baixios do rio de fogo, suas várzeas, por assim dizer. Mas Georg não tinha certeza. Talvez se tratasse de algo bem diferente, era bastante provável até que fosse outra coisa, completamente diversa. Georg cometia o erro de, ao ouvir música, procurar imaginar alguma coisa. Quando não conseguia imaginar nada, tampouco conseguia ouvir a música. Ou, pelo menos, não música clássica, e menos ainda música erudita contemporânea. Na infância, quando ainda freqüentava a escola primária, sempre imaginava alguma coisa ao ouvir música clássica. Se ouvia Bach, por exemplo, imaginava os bancos duros da igreja de Emsfelde ou o clima ruim com que o bom Deus castigara a região do Ems por seus pecados. Eram pecados que a região jamais teria sido capaz de cometer. Ou, então, pensava nos assaltos praticados na infância contra o porta-moedas da mãe, e nas infindáveis dores de consciência que o afligiam por causa disso. A mãe nem sequer percebia o roubo. Georg, porém, sofria, e se lembrava desse seu sofrimento quando ouvia Bach. No caso de Beethoven, ao contrário, via-se em geral montado num cavalo, cavalgando pelos campos e pelas estradas que os atravessavam. Não gostava tanto assim de cavalos, e tampouco de Beethoven, em particular. Preferia Chopin; sobretudo nos dois anos anteriores ao exame de conclusão do segundo grau, vivia ouvindo Chopin. Quando ouvia Chopin, sabia que seria reprovado no exame. Curiosamente, isso não o deprimia, mas consolava. Sem Chopin, teria ficado deprimido com seu desempenho escolar. Com Chopin, sentia-se consolado por esse mesmo desempenho ruim. Mas, quanto mais velho foi ficando, mais foi perdendo a capacidade de imaginar alguma coisa ao ouvir música. Era provavelmente uma questão de cultura. Um homem culto não imaginava coisa alguma ao ouvir música erudita, clássica ou contemporânea. Um homem culto entregava-se à música em si, que, afinal, como ele próprio aprendera desde o primeiro semestre, era expressão artística *sui generis*. Depois de dez semestres na universidade, Georg já não era capaz de imaginar o que quer que fosse ao ouvir música; mas tampouco era capaz de se entregar à música em si. Quando ia a um concerto, o que fazia com regularidade, porque era o que todo mundo fazia, era freqüente que não soubesse o que estava ouvindo, quando ouvia alguma coisa. Claro que sabia estar ouvindo notas musicais, notas produzidas por diversos instrumentos. Não sabia, porém, o que aquelas notas estavam lhe dizendo. O que lhe dizia uma sinfonia de Mozart ou um quarteto de cordas de Beethoven? O que lhe diziam Mahler, Bartók, para não dizer Bergmann? Não sabia. E, sentado numa sala de concertos, perguntava-se sempre o que a música que estava sendo executada dizia aos outros. Todas aquelas pessoas sentadas a seu redor ouviam a música como expressão artística *sui generis*? A maioria transmitia a impressão de que sim. Passavam a impressão de ser pessoas de cultura, ouvindo a música em si. Ele teria gostado de ser uma dessas pessoas de cultura. Mas, sendo honesto, tinha de admitir que apenas fingia ser uma pessoa de cultura. Sobretudo nas salas de concerto. Tão logo o regente erguia a batuta e as primeiras notas soavam, ele sempre fingia concentrar-se na música e não ouvir nada além dela. O que não era fácil, pois sabia por experiência própria que, tanto na sala de concertos quanto na ópera, assim que os primeiros sons lhe chegavam do pódio ou do fosso da orquestra, acometia-lhe verdadeiro cansaço existencial. Cansava-se tanto quanto um homem podia se cansar, e somente a pressão civilizacional e cultural a que se expunha o freqüentador de um concerto ou de uma ópera o impedia de adormecer. Em vez disso, bocejava, o que, em geral, lhe rendia olhares de desprezo de seus vizinhos de poltrona. Para Georg, a melhor maneira de agüentar um concerto era quando, assim o permitindo a iluminação, ele se punha a ler o programa ou qualquer outra coisa. Sempre que podia ler em um concerto, o cansaço desaparecia. E não era só isso. Na presença de uma orquestra sinfônica em plena execução, ele podia, ademais, ler com muito maior atenção do que quando lia sozinho. Tão logo se concentrava na música, ficava cansado. Se, porém, se concentrasse em sua leitura, acordava. Além disso, suportava a música muito melhor quando lia. Às vezes, chegava mesmo a se comprazer dela. Lembrava-se de uma apresentação da *Nona sinfonia* de Mahler, na Filarmônica de Berlim, a que fora assistir levando um livro consigo, porque sabia que a sala permaneceria iluminada o bastante para a leitura. Lia seu livro, desfrutava a música, teria sido uma bem-sucedida ida a um concerto, não tivesse seu vizinho da esquerda, em dado momento, solicitado que ele parasse de ler. "Incomoda", dissera o vizinho, olhando para o livro, ao que Georg lhe perguntara: "Mas, como assim?", o que lhe rendeu um mal-humorado "psiu!", proveniente do vizinho da direita. Seus dois vizinhos de poltrona eram homens de meia-idade que Georg não conhecia e que, aparentemente, tinham intimidade com a Filarmônica, capazes de se concentrarem por completo na música e em nada mais. A Filarmônica estava lotada desse tipo de gente, e Georg não teria ousado dar início a uma briga. Em vez disso, fechou o livro e ficou esperando pelo cansaço. Não foi, porém, acometido pelo cansaço: primeiro, sua garganta começou a coçar; depois, a raspar; e, por fim, sentiu uma tal pressão nos brônquios e na própria garganta que nada lhe restou a não ser tossir. Não foi, contudo, uma tosse normal, e sim uma explosão de tosse, que fez vibrar não apenas a poltrona de Georg, mas a de seus dois vizinhos também. De novo, os olhares de ambos voltaram-se para ele. E não olharam feio: olharam com ódio, olhares dispostos a qualquer violência. Georg lhes havia destruído a *Nona sinfonia* de Mahler, e, estivesse em seu poder fazê-lo, eles o teriam matado por isso. Ele sobreviveu, mas, depois disso, sempre teve medo de ter um acesso de tosse durante um concerto. Também agora sentia, de repente, uma coceira na garganta, do mesmo modo como a sentira outrora, na Filarmônica de Berlim. E, tal como acontecera no passado, a coceira logo passou a raspar, o que se fez acompanhar de forte pressão nos brônquios. Mas Georg não queria tossir. Não tinha motivo algum para tossir. Primeiro, porque não era, ali, um espectador normal: estava no Lincoln Center por razões profissionais, e não culturais. E, segundo, porque se concentrou na visão dos ombros, da nuca e do pescoço de Mary, o que o fez esquecer a vontade de tossir. Fitava as porções desnudas do corpo de Mary e, ao mesmo tempo, ouvia a música, que agora se encaminhava aos poucos para um crescendo e parecia aproximar-se do trecho que, em Scarp, Georg depositara no tapete. As cordas já não raspavam, mas mergulhavam numa espécie de fúria. Também a flauta já não choramingava, mas estrilava a todo o volume, literalmente gritava, sugando o ar e cuspindo-o novamente em violentos escarros. Entraram os trompetes, soando cheios e magníficos, como se as portas do céu fossem se abrir, mas apenas para, de imediato, fecharem-se de novo com sombrios golpes metálicos, como se, de súbito, houvessem se transformado nas do inferno. Depois, fez-se um silêncio quase total por um momento, só os pratos vibravam, até que Georg ouviu sons abismais se erguerem, uma mistura de sopros, cordas e oboés, cada vez mais quentes, parecendo ferver e, ao final, soando como se bolhas se formassem, rebentando perigosamente. Aquilo só podia ser o meio do rio de fogo, seu arder, o ponto mais quente, o lugar onde as almas sofriam da forma mais terrível, e Georg viu um brilho úmido revelando-se nos ombros de Mary e conferindo a sua pele uma tonalidade dourada; viu também, enquanto a orquestra retumbava agora verdadeiramente enfurecida, que os músculos da porção superior das costas se moviam um pouco, tensionavam-se, afrouxavam-se e se retesavam de novo. A visão da cintilante pele dourada de Mary e do movimento dos músculos de suas costas doía em Georg. Ele não queria mais olhar para ela, e sim se concentrar na música, retumbando com fúria e violência sempre crescentes, até desembocar de súbito, e de forma inesperada, numa aguda nota de oboé, cuja única singularidade consistiu no fato de ter soado por vários segundos, silenciando, por fim, como que casualmente. A sala ficou em silêncio. Por quase tanto tempo quanto durara a nota de oboé, o público persistiu no silêncio. Georg já imaginava que aquele fosse o momento mágico que antecede o aplauso. Tivesse o momento durado um pouco mais, Bergmann teria tido motivo para preocupação. Mas, no instante mesmo em que o silêncio alcançara a extensão máxima possível a um bem-sucedido encerramento, espocaram estrondosos os aplausos, que, como a imitar a sinfonia recém-finda, foram se intensificando cada vez mais, até quase degenerarem em caos e balbúrdia. Os aplausos fizeram-se mais ordenados quando o regente se curvou e os membros da orquestra se levantaram. Os músicos tornaram a se sentar, o regente deixou o pódio, e as palmas voltaram a se avolumar. Georg olhou na direção de Bergmann, mas ele desaparecera. Em algum momento, devia ter deixado a sala, e Georg não notara. Com certeza, entraria agora pela porta de que o regente se valera para deixar o palco e se curvaria em agradecimento. Mas Bergmann não apareceu. Em vez disso, foi o regente quem retornou ao pódio, recebeu os aplausos, fez, como antes, um sinal à orquestra, os músicos levantaram-se outra vez, e o público os aplaudiu. O regente retirou-se, a orquestra se sentou e os aplausos foram diminuindo, para, logo a seguir, tornarem a se intensificar. O público queria ver o compositor, queria homenageá-lo. Bergmann, porém, não apareceu. Os aplausos aumentaram outra vez e, no exato momento em que o entusiasmo ameaçava arrefecer ou mesmo transformar-se em indisposição, a porta que conduzia ao palco se abriu e Bergmann apareceu. Caminhou a passos lentos, como fizera na noite anterior. Dava a impressão de estar inteiramente absorto. Não caminhava curvado, mas ereto, o corpo teso, apenas os pensamentos pareciam perdidos, e mantinha a fronte voltada para as estrelas, ou para os holofotes no teto da sala de concertos. Uma vez no centro do palco, voltou-se para a platéia — os olhos ainda direcionados para o céu, mas quase fechados —, deteve-se por um momento e, então, começou a se curvar, numa das mesuras mais elegantes que Georg já vira. Bergmann não se curvou da maneira como isso em geral é feito diante de um público habitual de concerto. Tampouco curvou-se da maneira como alguém se curva diante de uma majestade. Sua mesura foi, ela própria, a mesura de uma majestade. E, se estava se curvando diante de alguma coisa, era diante da própria criação, à qual demonstrava agora sua reverência: Bergmann curvava-se diante de sua arte. Enquanto o público seguia aplaudindo incansável, o compositor deixou o palco, o que fez com que o aplauso tornasse a aumentar. Depois, reapareceu, de novo avançando com o olhar voltado para o céu, mas, dessa vez, não se curvou, recebendo os aplausos em postura rígida e ereta, como se tivesse de suportar nada menos que fisicamente a ovação, enquanto os gritos de "bravo" e de louvor sopravam em sua direção como uma tempestade. Agora, nesse momento de triunfo, Georg percebeu que o olhar de Bergmann varria as primeiras fileiras. Parecia estar procurando por alguém. O provável era que estivesse procurando por Mary, mas seu olhar vagava algumas fileiras acima e movia-se em direção a Georg. Não está procurando por Mary, mas por mim, pensou ele, e no exato instante em que pretendia proibir-se um tal pensamento, o olhar de Bergmann o encontrou. Era um olhar a um só tempo caloroso, amigo e cúmplice, pois Georg viu que o compositor piscava para ele. O grande Bergmann piscara para ele em seu momento de triunfo, o que Georg considerou prova significativa de confiança. E, de repente, teve a sensação de que Bergmann o estava acolhendo em seu mundo, o mundo da arte e da fama. Notava também, agora, como o sucesso do compositor o deixava orgulhoso. Orgulhoso de Bergmann, mas também orgulhoso de si mesmo. Sem dúvida, tudo isso, Georg o sabia, era ilusão ridícula. Não obstante, sentia de um modo até físico o triunfo de Bergmann inundar-lhe as veias, provocando-lhe um calafrio na espinha. Tinha lido em algum lugar que o homem moderno seguia de posse dos orgãos sensoriais que lhe permitiam sentir o eriçar-se da pelagem do pescoço e das costas, perdida no curso da evolução. Era isso que Georg estava sentindo. Sentia a pelagem das costas. E era provável que também Bergmann sentisse a pelagem das costas. Devia ser a sensação de glória. Era uma sensação agradável, de euforia, mas também algo lupina: a sensação do lobo faminto, que acaba de cravar os dentes na garganta quente de sua presa. A sensação diminuiu no momento em que, tendo Bergmann deixado o palco, diminuíram também os aplausos, até, por fim, cessarem por completo. Georg deixou a sala de concertos e ficou esperando por Steven e Bruno no hall. Os dois saberiam qual era o programa para o restante da noite. Enquanto Steven parecia maravilhado com a composição de Bergmann e falava em "obra capital" e em "ápice" da produção bergmanniana, "inclusive do ponto de vista técnico", Bruno permanecia imperturbável. Era provável que já tivesse vivido triunfos demais, não apenas os de Bergmann, mas também os da Callas, quando trabalhava para Onassis. Em vez de se manifestar sobre as observações de Steven, Bruno disse apenas "público de primeira", ao que Steven emendou que o público nova-iorquino era fantástico. "Não se deixa enganar", disse, "e, além disso, é mimado e esnobe como nenhum outro." Quem triunfava ali triunfava no mundo todo. "No restaurante, haverá uma recepção com bufê", informou Bruno: "O Lincoln Center está pagando". Então, conduziu Steven e Georg através do *hall*. Após trocarem umas poucas palavras com um porteiro, foram admitidos na ala reservada à administração e aos artistas, logo alcançando o restaurante, onde a recepção teria lugar. A maioria dos convidados já chegara, faltando apenas Bergmann e o regente. Na verdade, tampouco havia sinal de Mary, o que deixou Georg um tanto inquieto. Por outro lado, se ela estivesse ali, também isso o teria inquietado. Ele olhou em torno, observando os convidados, mas naturalmente não conhecia nenhum deles em pessoa. A única figura de seu círculo de conhecidos que ele julgaria capaz de aparecer ali seria a estudante ruiva. Contudo, avistou também o casal de mais idade que já lhe chamara a atenção de início. E agora se lembrou de onde os conhecia: eram os Rolston, de *The Gardener*. Os da "tara por musgos", como Bergmann se expressara; estava claro que tinham vindo a Nova York especialmente para o concerto. Talvez tivessem também alguma tara por Bergmann, mas isso o compositor não dissera. Além dos Rolston, Georg avistou também um ator, agora já grisalho, mas, de resto, de aparência quase inalterada, a quem Georg conhecia como Winnetou e que lhe era quase tão familiar quanto Mister Ed. "Olhe ali o Winnetou", Georg disse a Steven, ao que este reagiu dizendo que ainda estava pensando no *Piriflegeton* e, em especial, no som dos oboés. Havia em Bergmann, disse ele, um emprego bastante específico dos oboés, ao que

Georg comentou que gostara sobretudo da nota final. A nota final, corrigiu Steven, constituía, na verdade, a única passagem que exibia um emprego não específico do oboé. Algo atípico em Bergmann, por assim dizer. A nota final era uma citação. Um pouco envergonhado, Georg concordou: "Claro". Àquela conclusão, ele teria podido chegar sozinho. Em se tratando de música, o emprego de citações era ponto pacífico. A questão era, sempre, saber apenas de que citação se tratava em cada caso. Quando Georg ia a um concerto com conhecidos versados em música erudita, as conversas ao final giravam, na maioria das vezes, em torno da identificação das citações empregadas na obra apresentada. Quanto maior o número de citações descobertas, tanto mais seu descobridor era reconhecido e louvado como especialista e conhecedor de música. E quanto mais se desejava ser reconhecido e louvado como especialista e conhecedor de música, tanto maior era o número de citações que se precisava descobrir numa composição. A conseqüência disso era que, durante as conversas posteriores a um concerto, eclodia uma verdadeira guerra de citações entre os interlocutores. Se um deles descobria uma citação numa passagem, outro logo descobria duas, em outra. O que levava o primeiro a incansável citação de mais citações, de modo que, ao final, a obra ouvida se reduzia a pouco mais do que um apanhado de citações. Essas conversas sempre haviam causado profunda impressão em Georg, sobretudo porque ele quase nunca descobria citação alguma. Mas guardou na memória algumas das citações identificadas pelos outros, como a de *Ein feste Burg ist unser Gott* na *Quinta sinfonia* de Mendelssohn, por exemplo. Ou a citação do *Don Giovanni* de Mozart na vigésima sétima das *Variações Diabelli* de Beethoven. O problema era que, por azar, jamais tivera oportunidade de ouvir a *Quinta sinfonia* de Mendelssohn ou as *Variações Diabelli* de Beethoven na companhia de alguém que ainda não soubesse das referidas citações. Naturalmente, elas eram conhecidas de seus amigos versados em música erudita, e teria sido uma grande gafe tentar causar boa impressão com uma citação conhecida de todos. Nas conversas depois dos concertos, era, antes, de bom-tom silenciar acerca de citações bem conhecidas. Se se apontava uma citação, era necessário que ela fosse inteiramente desconhecida, oculta ou, na melhor das hipóteses, ainda inexplorada. Pegava bem, ademais, saber diferenciar autocitações de citações de outros compositores. Apontar uma autocitação dava testemunho de conhecimento profundo, pois quem identificava uma autocitação tinha também de saber que a passagem citada fora composta antes da passagem na qual tornara a aparecer. Isso teria sido demais para Georg, embora lhe ocorresse agora que, ante a constatação de Steven de que a nota final do *Piriflegeton* constituía citação, ele podia perguntar, sem mais, se se tratava de autocitação. "Uma autocitação?", perguntou enfim; Steven respondeu apenas: "Wagner". À menção do nome "Wagner", Georg reagia por reflexo. Se alguém dizia "Wagner", ele logo pensava: "o acorde de Tristão". Era provável, no entanto, que isso fosse a maior besteira que poderia dizer naquele momento. Afinal, havia um oboé na composição do acorde de Tristão? Georg já não se lembrava. Preferiu, portanto, ficar calado, o que, aliás, ninguém notou, uma vez que os presentes começaram de súbito a aplaudir. Na certa, tinham aberto o bufê, Georg pensou. Mas o motivo não havia sido o bufê, e sim a chegada de Bergmann, *sir* John e, um passo atrás deles, Mary ao restaurante. *Sir* John e Bergmann curvaram-se em agradecimento aos aplausos e rumaram para seus lugares a uma mesa redonda, preparada para os convidados de honra da noite. Mary também se sentou à mesma mesa e sussurrou algo a *sir* John, ao que este, sorridente, acariciou-lhe o rosto com as costas da mão. Tanto Georg quanto Steven haviam observado a cena, e ao olhar inquisitivo de Georg, Steven explicou que Mary não era apenas ex-aluna de composição de Bergmann e sua ocasional assistente na preparação das partituras, mas era também filha de *sir* John. De posse daquela nova informação, Georg procurou se convencer de que seria por certo mais inteligente não seguir achando Mary tão irresistível quanto a julgara até aquele momento. O caminho desde Emsfelde até a filha de *sir* John era um tanto longo demais. Naquele exato momento, Bruno lhe dirigiu a palavra, dizendo que Bergmann o estava convidando para juntar-se à mesa dos convidados de honra. Havia cerca de uma dúzia de pessoas em torno da mesa, e Georg acomodou-se na única cadeira ainda vazia, bem ao lado dos Rolston, à sua esquerda, e — o que fez a criança em seu coração pulsar um pouco mais forte — do ator que fizera o Winnetou, à direita. Enquanto os demais ainda aguardavam pelas bebidas e pela comida, Bergmann já tinha uma garrafa de vinho tinto à sua frente, claramente reservada apenas a ele e da qual já bebera um pouco. Estava eufórico e já divertira a mesa com algumas anedotas. Agora, aproveitava a ocasião para saudar o novo convidado, apresentando Georg como "o escritor, doutor Georg Zimmer, da Universidade Livre de Berlim". Georg deixou passar, não corrigiu o compositor. Sobretudo porque Bergmann evidentemente acreditava no que estava dizendo. Se, havia ainda pouco tempo, tinha esquecido por completo da tese de doutorado de Georg, agora, sem mais delongas, o fazia doutor. E não só isso. Em tom já quase patético, o compositor ainda acrescentou: "Meu compositor de hinos". Era mais do que um equívoco, e Georg sentiu como os presentes o olhavam com crescente ceticismo. Ninguém se manifestou, apenas o ator do Winnetou perguntou-lhe, com a ingenuidade de um chefe indígena e um ligeiro sotaque espanhol: "O senhor escreve hinos a Bergmann?". E Georg respondeu: "Não é bem isso", uma resposta bastante vaga, que não esclareceu o ator, o qual, então, dirigiu um olhar de dúvida ao compositor. Em atitude digna de agradecimento, Bergmann salvou a situação, aparteando: "A mim, não, de jeito nenhum: para mim". Agora, os presentes olhavam mais satisfeitos, alguns sorrindo para Georg, outros, porém, contemplando-o com expressão algo maliciosa, de modo que ele já não se sentia muito bem naquele círculo. Até com o ator do Winnetou se indispusera, embora decerto não tivesse havido maldade na pergunta dele. Por sorte, pôde se concentrar na comida, servida especialmente naquela mesa, e passar, então, a ouvir as conversas dos outros. Ouvia sobretudo as dos Rolston, que, para além dele, contavam ao ator do Winnetou sobre sua casa e seu jardim. Também o ator possuía casa e jardim, mas na Espanha, de modo que muitas dicas práticas foram trocadas. De musgo, porém, não se falou a noite inteira: falou-se de acantos, papilionáceas e de como cuidar de oliveiras maltratadas pela geada. Georg teria preferido perguntar aos Rolston sobre os musgos, mas não teve coragem, sobretudo porque, após observação mais demorada, já não estava convencido de que se tratava mesmo do casal que vira em *The Gardener*. Além disso, melhor era conter-se. Não sentia necessidade de voltar a ser o assunto da mesa, no que obteve êxito, até que Bergmann, já na segunda garrafa de vinho tinto — aparentemente, estivera conversando com Mary e *sir* John sobre Georg —, de repente gritou para todos ouvirem: "Blazer e gravata de tricô. Típico de Emsfelde!".

O comentário dirigia-se a Georg, que, de fato, trajava blazer azul com botões de metal e uma gravata vinho de tricô. De resto, ele próprio notara, no decorrer da noite, que não estava vestido de forma apropriada. Tampouco a calça de sarja marrom e os sapatos com portentoso solado enrugado correspondiam, necessariamente, àquilo que se devia usar numa *première* do Lincoln Center. Agora, porém, Bergmann, com seu olho treinado para as fraquezas dos semelhantes, tinha chamado a atenção de forma irremediável para o fato. Georg sentiu-se corar, o que, por sua vez, o deixou ainda mais embaraçado, e ele teve a sensação de que, naquele exato momento, corava de novo por ter corado. Havia pouco, tinham sido amigos, ele e Bergmann, aliados no triunfo. Havia pouco, tinha compartilhado do sucesso do compositor como se fosse o seu próprio. E Bergmann até piscara para ele. Agora, porém, o expunha daquela maneira. Tinha certos princípios férreos, Bergmann disse ainda. Um deles rezava: gravatas de tricô, jamais! Depois, voltou-se outra vez para *sir* John, para discutir alguma questão relacionada ao mundo da música. O regente, no entanto, tornara-se impaciente e revelou pressa em partir; talvez soubesse que o humor de Bergmann tinha mudado, e mesmo Mary não parecia disposta a permanecer ali por mais tempo. Despediram-se do compositor, que se levantou algo cambaleante. Acenaram para o restante dos presentes, e Georg ficou observando Mary, com a certeza de que nunca mais a veria. Talvez ela tenha percebido seu olhar, talvez fosse apenas uma pessoa simpática, mas, em todo caso, voltou-se ainda uma vez para Georg e gritou: "*See you in Sicily*". Georg ficou tão surpreso que só conseguiu responder com um breve "*Okay*". *Sir* John e Mary deixaram, então, o restaurante, o que levou os demais convidados a irem aos poucos se levantando e se despedindo. Primeiro, partiu o ator do Winnetou, depois, os supostos Rolston e, por fim, os demais, que nem haviam sido apresentados a Georg e que deviam fazer parte da orquestra ou do Lincoln Center. Também Georg teria preferido ir embora, já em razão da gravata de tricô, mas Bergmann acabara de pedir nova garrafa de vinho e foi mergulhando lentamente num estado que se caracterizava por um catatônico olhar fixo para o nada e um súbito e crescente nojo do mundo. Este último sentimento dirigiu-se de início contra o diretor administrativo do Lincoln Center, de quem ninguém falara até aquele momento e a quem Bergmann chamou de "mala-sem-alça"; depois, contra o Plaza, com suas "suítes entulhadas de cachorros de porcelana"; a seguir, contra o ator do Winnetou, sobre o qual Bergmann disse que não sabia como tinha vindo parar naquela mesa; e, por fim, contra o público nova-iorquino, que acabara de aclamá-lo e que ele agora julgava "bastante ingênuo", como disse, nem se comparando ao de Chicago. Felizmente, Bergmann poupou os presentes, embora Bruno, de todo modo, parecesse imune a qualquer ataque. Aliás, nem sequer se abstinha de bocejar alto a todo momento, deixando claro ao compositor que estava se entediando e desejava ir embora. Depois de beber ainda um uísque, Bergmann resignou-se, e todos deixaram o restaurante. A limusine do Lincoln Center aguardava diante da entrada dos artistas. Bergmann, Steven e Bruno embarcaram e se foram, sem se despedir de Georg. Que, inclusive, segurara a porta da limusine para o compositor. Possivelmente, tinham partido do pressuposto de que ele também embarcaria. Ou que tornariam a se ver no dia seguinte. Mas talvez o tivessem esquecido mesmo. Apagado. Por causa da gravata de tricô. E do portentoso solado enrugado. Emsfelde demais, Nova York de menos, Bergmann provavelmente diria, se lhe perguntassem sobre Georg. Mas ninguém perguntou a Bergmann sobre Georg. Disso, Georg tinha certeza. E, já a bordo do táxi que o levava de volta para o Washington Square, ele se propôs a esquecer Bergmann e todo aquele mundo bergmanniano, do mesmo modo como o haviam esquecido diante do Lincoln Center. Manteve-se fiel a esse propósito também no dia seguinte, a bordo do avião rumo à Alemanha, as ofensas relativas a sua gravata de tricô ecoando distantes. De fato, ainda se sentia ofendido, mas, apesar disso, pretendia prestar mais atenção a seu guarda-roupa. Também não andava por aí no verão usando sandálias e meias brancas. Por que, afinal, escolhera aquela gravata de tricô? Talvez devesse dar preferência às gravatas de couro. Mas, antes ainda que a expressão "gravatas de couro" se desvanecesse em seu cérebro, Georg sabia que ali já o espreitava a próxima armadilha indumentária. No futuro, não usaria mais gravata nenhuma. No escritório da Assistência Social de Kreuzberg, não era preciso usar gravata. E tampouco na biblioteca da universidade. Nem mesmo na Filarmônica de Berlim a gravata era necessária. Quanto ao Lincoln Center, na certa não tornaria a visitá-lo. Ainda no avião, já notara como a lembrança do Lincoln Center, do ator que fizera o índio, do Plaza e da limusine ia se tornando cada vez mais distante, e, a bordo do ônibus que o levou do aeroporto de Tegel ao metrô, nem mais podia acreditar que vira tudo aquilo com os próprios olhos. Somente a lembrança de Mary não se desvanecia, perturbando-o de tal maneira que ele precisou de alguns dias para voltar a sentir interesse por sua tese. Ajudou-o uma carta da universidade, comunicando que ele receberia a bolsa de doutorado. Oitocentos marcos por mês, por dois anos, com possibilidade de prorrogação. Sob a forma de empréstimo, porém, o que significava que, depois de três anos, ele talvez obtivesse o título de doutor, ainda que acompanhado de uma bela dívida. Apesar disso, alegrou-se com a notícia. Oitocentos marcos não era muito, mas era o suficiente, se conseguisse continuar morando naquele quarto em Kreuzberg. A boa notícia o motivou de tal forma que ele foi logo à biblioteca, dar seqüência a suas pesquisas, inclusive encontrando agora o que, antes, procurara em vão. No fichário por temas, por exemplo, onde diversas vezes procurara por "esquecimento" e "Lete", e onde agora encontrava uma referência a um livro intitulado A *literatura e o esquecimento*. O livro era novo, deviam ter acabado de comprar, e tinha quase o mesmo título que teria sua tese de doutorado. Georg anotou o número da obra e foi até o porão da biblioteca, onde ficavam os livros para consulta e empréstimo imediato, retirando, então, o livro da estante, com a sensação de quem estava apanhando um documento que decretaria o final prematuro de sua carreira acadêmica. Era certo que tinha agora uma bolsa de doutorado, mas, se tivesse azar, já não estaria de posse de um *desideratu* da pesquisa científica. Georg nem levou o livro para o balcão de empréstimos: abriu-o de imediato, e com o coração disparado. Já a um rápido exame do índice, constatou que, de fato, o tema era igual ao seu, mas não se tratava de tese na área de germanística, e sim de romanística. A obra investigava o esquecimento como motivo nas literaturas francesa, espanhola e italiana. Examinava autores como Rabelais e Montaigne, Cervantes e Huarte, Proust e Pirandello. O prefácio fora escrito por um conhecido romanista, o orientador do autor, ao que tudo indicava. O orientador caracterizava o livro de seu orientando como um trabalho pioneiro e uma importante contribuição ao "oblivionismo" na literatura românica, pela primeira vez abordado naquela obra de forma abrangente e "sob um ponto de vista amnestético, letognômico e letotécnico". Ao mesmo tempo, o romanista expressava seu desejo de que, também nas demais áreas, estudos semelhantes fossem desenvolvidos, para que se pudesse estabelecer um panorama científico daquilo que distinguia o "oblivionismo europeu" em seu conjunto. Georg podia ficar tranqüilo. O livro não representava concorrência séria, ainda que ele invejasse o autor tanto pelo prefácio do orientador quanto pelos conceitos expostos por este último. Inquietante era, no entanto, uma nota de rodapé relacionada à observação acerca de "estudos semelhantes", nota que Georg descobrira apenas numa segunda passada de olhos. Nela, o romanista destacava que, no departamento de germanística de sua universidade, "um trabalho sobre o oblivionismo na literatura alemã encontra-se em preparação". Os batimentos cardíacos de Georg aceleraram-se outra vez. O que fosse que "em preparação" pudesse de fato significar, de todo modo queria dizer que a concorrência não estava dormindo, e que ele precisava se apressar. Começaria já no dia seguinte, e, aliás, com a parte central de sua tese: o esquecimento como motivo. Os dias que se seguiram, Georg os passou varrendo outra vez, e sistematicamente, os catálogos da biblioteca da universidade, bem como as bibliografias especializadas, em busca das palavras "Lete" e "esquecimento". Isso porque continuava sem saber sequer em que autores uma ou outra apareciam. Infelizmente, encontrou a palavra "Lete" uma única vez, com uma remissão à palavra "olvido", a qual Georg até aquele momento não havia levado em consideração. Procurando em "olvido", por sua vez, encontrou uma referência a um ensaio sobre a *Fenomenologia do espírito*, de Hegel, contido num número mais antigo da *Philosophische Rundschau*. Georg obteve o ensaio e constatou que ele se dedicava à interpretação de uma única passagem da *Fenomenologia do espírito*, composta de três períodos. A passagem era citada logo de início e dizia: "A reconciliação da oposição consigo é o *Lete do mundo inferior*, na morte — ou o *Lete do mundo superior* como absolvição — se não da culpa, pois essa a consciência não pode desmentir, uma vez que agiu — mas do crime, e de seu aplacamento expiatório. Os dois são o *olvido*, o ser desvanecido da efetividade e do agir das potências da substância — de suas individualidades — e das potências do pensamento abstrato do bem e do mal. Com efeito, nenhuma delas é para si a essência, senão que a essência é o repouso do todo dentro de si mesmo, a unidade imóvel do destino, o tranqüilo ser-aí, e por isso, a inatividade e falta-de-vitalidade da família e do Governo; a honra igual, e, portanto, a inefetividade indiferente de Apolo e da Erínia, e o retorno de seu entusiasmo e atividade ao Zeus simples". Fim da citação. Georg se propôs a fazer o que sempre fazia, em se tratando de Hegel: reler a passagem mais tarde, com calma. A diferenciação entre o Lete do mundo inferior e o Lete do mundo superior, essa ele quis anotar de imediato, pois podia vir a ser de utilidade. Além disso, encontrou uma segunda remissão, a um ensaio intitulado "Memória e esquecimento na prosa autobiográfica de Goethe". Georg obteve esse ensaio também, e constatou que seu autor se dera ao trabalho de examinar a ocorrência das palavras "esquecimento", "esquecer", "lembrança" e "lembrar" nos tais textos autobiográficos, ou seja, *Poesia e verdade*, *Viagem à Itália*, *Campanha na França* e *O cerco de Mainz*. Ao fazê-lo, constatou que "esquecimento" e "esquecer" ocorriam dezesseis vezes em *Poesia e verdade*, doze em *Viagem à Itália*, duas em *Campanha na França* e quatro em *O cerco de Mainz*. "Lembrança" e "lembrar", por sua vez, apareciam trinta e nove vezes em *Poesia e verdade*, trinta em *Viagem à Itália*, nove em *Campanha na França* e duas em *O cerco de Mainz*. A bem da exatidão da pesquisa, era preciso dizer que o verbo "lembrar" não ocorria uma única vez em *O cerco de Mainz*: era o substantivo "lembrança" que aparecia duas vezes. O resultado dessa investigação "léxico-empírica", afirmava o autor, era que, "na prosa autobiográfica de Goethe, o lembrar prevalece sobre o esquecer". Somente em *O cerco de Mainz* o esquecer prevalecia sobre o lembrar (quatro vezes "esquecer", duas vezes "lembrança"), o que o autor debitava à postura fundamentalmente pacifista de Goethe. Georg nem sequer tirou cópia do ensaio, apenas o devolveu de imediato. Desse jeito, não ia longe. Já estava sentado no metrô que o levava de Dahlem a Kreuzberg quando ficou claro para ele que não tinha alternativa senão vasculhar ele próprio a literatura, o que significava trabalho gigantesco. Além disso, não fazia muito sentido sair em busca de palavras como "esquecer" ou "lembrar". Eram palavras comuns: se alguém dizia "esquece!", isso nada tinha a ver com o tema de seu doutorado. O metrô acabara de emergir à superfície e pairava sobre as águas cinza-cimento do Landwehrkanal quando Georg decidiu que o Lete haveria de salvá-lo. Não escreveria um capítulo geral sobre o esquecimento, mas um capítulo específico sobre o Lete: "O Lete como motivo na literatura". Para tanto, bastava que encontrasse textos em número suficiente, nos quais ocorria a palavra "Lete". As bibliografias não puderam ajudá-lo, o que não lhe deixou outra opção senão ler, ele próprio, o máximo possível. No dia seguinte, já lá estava Georg, sentado na biblioteca de germanística, com o propósito de vasculhar primeiro Goethe, depois Schiller. Para tanto, pôs em prática uma modalidade de leitura em diagonal que lhe permitia reagir apenas à palavra "Lete", tudo o mais desfilando desfocado por seus olhos. A despeito do método empregado, porém, Georg precisou de quase três semanas de leitura ininterrupta até terminar de examinar primeiro a prosa, depois os dramas e, por fim, a lírica de Goethe — e isso tudo para chegar a um resultado bastante magro: a palavra "Lete" ocorria em Goethe apenas uma vez, e, aliás, na décima das *Elegias romanas*: "Aproveita, então, ó vivente, o amoroso leito,/ antes que o horrível Lete banhe teu pé fugitivo". Era, com certeza, muito pouco. Tinha, agora, de confiar em Schiller. Mas, se o substantivo Lete ocorria uma única vez em Goethe, pensou Georg, na certa nem sequer aparecia em Schiller. O exame dos dramas de Schiller, porém, ensinou-lhe uma lição, na medida em que encontrou ali três ocorrências de Lete. Duas nos *Salteadores*, numa canção de Amália que terminava com as palavras: "O amor de Heitor não morre no Lete"; e uma na *Donzela de Orleãs*, em que se lia: "Que no Lete afogue/ para sempre o que passou". Não era de entusiasmar, mas era melhor do que nada. Na prosa de Schiller, ao contrário, não encontrou nada. Restava a lírica, que, para grande surpresa de Georg, lhe rendeu verdadeira avalanche de ocorrências: seis Lete! Isso sem contar ainda uma outra menção nas *Xênias e tábuas votivas*. Contudo, as seis menções nas poesias reduziram-se a cinco, pois Georg já conhecia dos *Salteadores* a que agora reaparecia no poema *Despedida de Heitor*: "O amor de Heitor não morre no Lete". Era conhecida essa duplicação? A pesquisa schilleriana sabia de sua existência? Mas a alegria de Georg pela descoberta durou apenas até ele encontrar, nas notas de sua edição comentada, detalhada explicação daquela recorrência. Isso o deprimiu. Não tanto porque não fizera descoberta nenhuma, mas porque sentiu que estava num beco sem saída. Não podia continuar daquele jeito. E, como que por ironia, encontrou no vermelho já quase desvanecente do crepúsculo de uma sexta-feira de verão, pouco antes de a biblioteca fechar, um novo verso de Schiller com menção ao Lete, o qual só pôde ler como zombaria a si próprio e a seu projeto de pesquisa: "Pode-se patinhar no Stix./ No Lete, apenas nos arrastamos". Assim era, Schiller tinha razão. Georg arrastava-se no esquecimento. Munido da certeza de que seus esforços jamais resultariam numa tese de doutorado, ele saiu da biblioteca e circulou ainda por algum tempo pelo prédio da faculdade, que já conhecia fazia tantos anos, mas pelo qual jamais havia perambulado daquela maneira. Aquilo era prática exclusiva dos dois ou três sem-teto que não se intimidavam diante do meio acadêmico. E dos "faculdoidos", como eram chamados. Dentre eles havia a "condessa", que, no passado, atuara como assistente da cadeira de filosofia, transformando-se, depois, numa espécie de fantasma doméstico do prédio das Ciências Humanas. E havia também o estudante de língua e literatura inglesa, que interrompera o curso e circulava com uma caixa de papelão cheia de fichários estropiados. Também Georg guardava numerosos fichários em seu quarto em Kreuzberg, mas não sentia a necessidade de carregá-los consigo para toda parte, numa caixa de papelão. De resto, naquela noite, depois de quase seis semanas lendo Goethe e Schiller em pânico, uma tal necessidade já não lhe parecia tão extraordinária quanto, na verdade, haveria de lhe parecer.

Já na manhã seguinte, um sábado, Georg estava salvo. Ou, pelo menos, assim acreditou ao encontrar em sua caixa de correio uma carta proveniente da Itália. Bergmann lhe escrevera. Uma carta manuscrita, de próprio punho. Era bastante pessoal, verdadeiramente simpática, o compositor contava sobre seu trabalho nos *Elysian fields*. Descrevia em detalhes a construção e a estrutura da obra, falava sobre a instrumentação, os andamentos, os efeitos sonoros e também sobre quanto significava para ele a porção já composta da peça. Mais precisamente, que era uma espécie de confissão ensejada pela idade. Sim, pois somente com a idade, dizia Bergmann, tinha encontrado ânimo para o belo e para a utopia. O desespero era privilégio da juventude. Mas era dever da maturidade, da idade madura, desafiar o desespero. No momento, escreveu Bergmann, estava trabalhando no terceiro movimento, do qual já dispunha de esboço completo, e necessitava com a máxima urgência do hino para o quarto movimento. O tempo urgia um pouco, *premières* já haviam sido agendadas e, aliás, várias ao mesmo tempo: a obra seria apresentada concomitantemente em Chicago, Madri e Berlim. "Um verdadeiro estouro", comentava Bergmann, no estilo que lhe era próprio, e, por isso mesmo, também o hino tinha de ser um estouro. E quem melhor do que Georg para escrevê-lo? Disso, tinha certeza. Sugeria, assim, que Georg fosse à Sicília o mais rápido possível, para ali trabalhar *in loco* por alguns dias. De preferência, já a partir do sábado seguinte. Uma semana depois, Georg estava num avião rumo a Palermo. Era setembro, a melhor época para visitar a Sicília. Georg ansiava por conhecê-la. A tese de doutorado e a questão do Lete ficavam temporariamente esquecidas. "Que no Lete afogue/ para sempre o que passou", Georg repetia para si mesmo, decorando os versos e tornando a desfrutar o sentimento de, novamente, poder dedicar a totalidade de sua existência à arte. E não apenas à arte, mas a Bergmann, que, ao que tudo indicava, não havia guardado rancor quanto à gravata de tricô e à canhestra emslandice de Georg. Em Palermo, o avião se deteve a um passo do final da pista. Mais uns poucos metros e teria caído no mar, o que, no entanto, não provocou particular nervosismo nos demais passageiros. No *hall* do aeroporto, um homem erguia uma placa com a inscrição "Signor Georg". Devia ser o motorista. Pena que Bruno não tivesse ido apanhá-lo. Georg alegrara-se já ante a perspectiva de embarcar no Bentley. Agora, porém, tinha de se dar por satisfeito com um Mercedes a diesel e um motorista que não conhecia, um siciliano de poucas palavras e aspecto campesino. O italiano de Georg não era suficiente para trocar com ele mais do que duas ou três frases feitas. Assim, acomodou-se no banco traseiro e desfrutou o passeio pela paisagem siciliana, que, ao longo da costa, não se distinguia muito da escocesa. Pouca vegetação, quase que só rochas e grama. A diferença era que a grama ali não era verde, mas de um cinza sujo e queimado. Era bastante longo o caminho até San Vito Lo Scapo, e a *villa* de Bergmann não ficava na própria localidade, mas fora dela, oculta por colinas. Quando enfim se aproximavam de seu destino, via-se já, a certa distância, o largo retângulo da torre da *villa*. Devia ser a "torre do maestro", conforme Georg lera em *The Gardener*. Um muro feito de pedras brutas orlava a propriedade, que parecia bastante grande e abrangia até mesmo um bosque de pinheiros e um bosquete de oliveiras. O motorista deteve-se diante de um portão de ferro e buzinou duas vezes. Pouco depois, o portão foi aberto por uma mulher de avental e touca branca de cozinha, evidentemente a cozinheira ou a governanta. Também o motorista parecia pertencer ao quadro dos empregados de Bergmann, pois avançou com o carro até o pátio interno e o estacionou numa garagem, na qual já se encontravam um jipe bege e o Bentley. A mulher cumprimentou Georg em italiano e o conduziu a um cômodo localizado numa ala lateral da casa; não era um simples quarto, mas um pequeno apartamento, com dormitório, escritório e banheiro. O escritório contava, ademais, com um acesso ao jardim e um terraço próprio, também ele mobiliado, provido de cadeiras e de uma escrivaninha. O melhor lugar para se escrever um hino, Georg pensou, depois de pôr as malas no chão e encaminhar-se para o terraço. Contudo, ia ter de trabalhar duro. Na passagem aérea que Bergmann mandara deixar para ele no aeroporto de Tegel, o vôo de volta estava marcado para a quinta-feira seguinte. Tinha, portanto, descontando-se os dias de chegada e partida, quatro dias para escrever o hino. Desfeitas as malas, e tendo Georg acabado de se sentar no terraço para desfrutar o ar siciliano, o perfume dos pinheiros e relvados, o telefone tocou. Era Bruno. Também dessa vez, cumprimentou Georg de forma concisa e lacônica, como se tivessem se encontrado ainda no dia anterior, e comunicou-lhe que Bergmann o aguardava no salão. Bastava atravessar o jardim e o grande terraço. As portas estavam abertas. Georg deixou o apartamento, dirigiu-se à casa principal através de um relvado bem-cuidado e, a despeito do verão siciliano, ainda verde, e, atravessando um grande terraço, mobiliado com uma mesa de ferro para refeições e diversas cadeiras de ferro forjado, entrou no salão. O cômodo lembrou-lhe a suíte de Bergmann no Plaza, só que era bem maior. Também ali havia uma lareira, diversos espelhos subindo até o teto e móveis antigos. Além disso, Georg viu um piano de cauda e uma enorme estante de livros, igualmente antiga, na qual se encontravam edições encadernadas e em formato grande de obras diversas. A um exame mais detalhado, Georg notou que eram obras de Bach, Mozart, Wagner e do próprio Bergmann. As primeiras eram edições completas, ao passo que as obras de Bergmann apresentavam-se em numerosas edições avulsas; aparentemente, não havia planos para uma edição completa, e ainda em vida, de suas obras, a qual, aliás, a julgar pelo ritmo de trabalho do compositor, necessitaria de constantes adendos. Do ponto de vista meramente quantitativo, Georg podia atestá-lo com uma rápida passada de olhos, Bergmann já era capaz de concorrer em pé de igualdade com seus grandiosos colegas. Georg não era músico, pouco ou nada entendia de partituras, mas, dentre as obras de Wagner, descobriu o *Tristão*, o que lhe deu a idéia de, ao menos uma vez, ver de perto o acorde de Tristão. Wagner estava quase no topo da estante. Georg subiu numa escadinha de madeira, também ela um móvel antigo, e procurou alcançar o volume com a partitura desejada. Mas, para alcançá-lo, precisava esticar-se um pouco mais. Com a mão esquerda, agarrou-se à estante e, com a direita, puxou o *Tristão*. O volume, porém, era tão pesado que ele não conseguiu segurá-lo com uma mão só. Quis valer-se do auxílio da outra, mas perdeu o equilíbrio e teve de se agarrar novamente à estante, o que resultou em que a obra escorregou-lhe da mão direita e caiu no chão com um estrondo. Georg desceu da escada e, no momento em que pretendia erguer do chão o pesado volume, viu Bergmann em pé ao lado da lareira, a observá-lo. O compositor disse "*hello*", com leve sotaque americano, Georg respondeu com um "bom dia", seguido de "o *Tristão* caiu". Bergmann disse apenas: "Quando você estiver pronto, conversamos", e deixou o salão, ao que Georg ergueu o *Tristão* e, com todo o cuidado possível, colocou-o de volta na estante. Depois, ficou esperando pelo compositor, que, no entanto, não teve a menor pressa. Passados cerca de vinte minutos, enfim reapareceu, dessa vez com um copo de uísque na mão. "Você quer um uísque?", perguntou, ao que Georg se lembrou da cena do uísque em Scarp e, por medida de precaução, respondeu com um "não, obrigado". Bergmann tomou um golinho, depositou o copo sobre o consolo da lareira e sugeriu que fossem conversar no jardim. O jardim era quase um parque, um apanhado paisagístico da região, de modo que atravessaram primeiro os canteiros de flores, depois o bosquete de oliveiras, em seguida um pequeno vinhedo e, por fim, o bosque de pinheiros, onde havia uma casa de madeira aparentando construção sólida e confortável. "O estúdio de Steven", informou Bergmann, que, rumando para a casa, bateu na porta e esperou um pouco. Steven apareceu. Pálido, ele parecia ter passado a noite em claro, e Georg pôde ver que estava trabalhando numa escrivaninha forrada de partituras. "O senhor Zimmer chegou", disse Bergmann. Steven cumprimentou Georg e perguntou como ia a tese de doutorado. "Ainda estou refinando o conceito", disse Georg. E, para evitar que Steven solicitasse mais detalhes, perguntou de volta: "E o seu doc?". Disse "doc", em vez de doutorado. Era como se fazia entre acadêmicos, criando familiaridade. "Em princípio, muito bem", respondeu Steven, mas não tinha muito tempo para ele no momento. Estava escrevendo uma análise dos *Elysian fields* para o programa da *première*. E isso embora a obra ainda nem estivesse pronta. Mas Bergmann passava-lhe os esboços, de modo que ele podia, em certa medida, trabalhar sem interrupção na análise e no comentário do que Bergmann estava compondo naquele momento. Georg ficou impressionado com a eficiência com que se trabalhava ali. Bergmann compunha, Steven analisava e, paralelamente, o próprio Georg comporia um hino. O compositor, que ficara ouvindo a conversa em silêncio, impacientou-se, desejou *"buon lavoro"* a Steven e desceu com Georg em direção à piscina, que ficava quase que inteiramente escondida numa depressão do terreno. Bergmann sentou-se numa das cadeiras de vime na borda da piscina e Georg sentou-se a seu lado; o compositor, então, pegou o telefone — também ali havia telefone — e solicitou à governanta que lhe trouxesse o copo de uísque deixado sobre o consolo da lareira. Até aquele momento, ainda não tinham conversado sobre trabalho. Durante o passeio pelo jardim, Bergmann remexera numa ou noutra planta ou, ainda, comentara o estado de uma escada, de um pedaço de muro ou de um canteiro de flores. Agora, porém, foi direto ao assunto, isto é, o hino que Georg deveria escrever. Em parte, o compositor tinha uma noção muito genérica, mas, em parte, idéias também bastante específicas sobre o texto que queria. Por um lado, desejava que o hino resultasse, acima de tudo, "belo e inebriante", o que intimidou Georg sobremaneira. Quanto mais Bergmann repetia os adjetivos "belo e inebriante", tanto maior fazia-se em Georg a dúvida sobre se estava, de fato, à altura da tarefa. Não bastava, porém, que o hino fosse belo e inebriante: seus versos deveriam também possuir um determinado pé. Preferia dátilos, informou Bergmann, e apreciaria muitíssimo que compusessem dísticos elegíacos. Georg disse: "Claro, não tem problema", embora, até aquele momento, jamais tivesse ouvido falar em dísticos elegíacos. E isso depois de doze semestres de literatura. Além disso, prosseguiu Bergmann, o hino deveria ter no mínimo catorze versos, dezesseis, se necessário, mas preferia catorze; deveria, ademais, louvar a criação, tratar da beleza da natureza, da harmonia do firmamento, da felicidade do amor etc.; podia exibir serena exuberância, mas não deveria, de modo algum, ser *kitsch*, e, por fim, tinha de terminar com uma palavra contendo a vogal "a". "Um 'a'?", perguntou Georg, porque não tinha certeza de ter entendido direito. "Um 'a'", confirmou Bergmann, "para que seja perfeitamente cantável." Então, o compositor levantou-se da cadeira, disse que era "melhor começar já" e deixou a piscina a passos rápidos, não restando a Georg alternativa senão correr atrás dele. No caminho até a casa, encontraram a governanta com o copo de uísque, mas Bergmann disse-lhe apenas "tarde demais", ao que ela e copo deram meia-volta. O compositor passou reto pelo grande terraço, em direção à "torre do maestro", que possuía também uma entrada pelo jardim. Dali, Georg divisou os chamados ciprestes-de-lawson, mencionados em *The Gardener*, erguendo-se altos e sombrios na área defronte à torre. Enquanto abria a porta da torre, o compositor disse ainda que precisavam se apressar, pois teriam visita para o almoço de domingo e, na segunda, chegaria Mary, para começar a passar a limpo as partituras. Depois, desapareceu em sua torre, deixando um Georg perturbado atrás de si, no qual o nome Mary suscitara dor até então desconhecida. Era uma espécie de pânico que lhe pressionava as vias respiratórias e os pulmões, provocando-lhe, por breve momento, um medo da morte. Georg respirou fundo algumas vezes, aliviando a dor no peito e nos pulmões, e podia agora até mesmo alegrar-se ante a perspectiva de rever Mary. "*See you in Sicily*", ela dissera em Nova York. Georg ainda caminhou um pouco pelo jardim, descobrindo a porção da propriedade voltada à economia doméstica, na qual avistou patos, um pombal, galinhas e uma dúzia de pavões brancos. Uma manada de pavões, pensou Georg, ou o correto era bando? De todo modo, uma impressionante coleção de animais nobres e brancos como a neve, que, no entanto, em atitude pouco aristocrática, misturava-se às galinhas e, de resto, não se comportava de modo diferente delas. Georg retornou a seu apartamento, para dar início ao trabalho. Catorze versos em quatro dias, era trabalho duro. A fim de torná-lo um pouco mais leve, trouxera consigo uma antologia abrangente, *A lírica oci-*

dental, bem como um volume de Hölderlin. Quando escrevia poemas, tinha de ler poemas também, em busca de inspiração. Decerto, a própria vida o inspirava, mas, mais do que ela, inspiravam-no textos dos outros. Já tivera esse tipo de experiência antes e esperava que as leituras pudessem ajudá-lo. Afinal, o próprio Bergmann falara em Hölderlin em Nova York, razão pela qual Georg trouxera o volume consigo, embora, por alguma razão, Hölderlin sempre lhe tivesse causado estranheza. Folheou de novo os hinos de Hölderlin e, de súbito, percebeu o que sempre o incomodara no poeta: o tom hínico. Aquele tom hínico lhe dava nos nervos. Afora o fato de não lhe agradar que o poeta principiasse um poema com a palavra "*Heil*" ou com "Júbilo! Júbilo!". Contudo, também isso nada mais era que hínico. Tinha maior gosto por versos como: "Exércitos de Orion me iluminam/ Orgulhoso ressoa o curso das Plêiades". Ao menos, tinha-se aí a harmonia do firmamento de que falara Bergmann. Mas não era nem de longe um dístico elegíaco. Era provável que a leitura de Hölderlin não pudesse ajudá-lo, Georg pensou, e se foi por um momento para o terraço, que, nesse meio tempo, fora tomado pela luz do crepúsculo, o jardim tendo se revestido de tonalidades mais escuras. O silêncio era tão grande que Georg acreditou poder ouvir seu coração bater. Dali, podia ver a torre de Bergmann e os ciprestes-de-lawson, que, no crepúsculo, erguiam-se feito monumentos aos mortos. Georg tornou a entrar. Tinha visto luzes já acesas na torre, e também ele acendeu a luz, iluminando uma folha de papel ainda totalmente em branco sobre a mesa. Estava tudo perfeito. Ele se encontrava num jardim do sul que era quase paradisíaco, estava ali na condição de hóspede convidado e, se tudo desse certo, também de colaborador do famoso compositor, só precisando escrever catorze versos para assegurar para si um naco de imortalidade. Um naco minúsculo, naturalmente, isso ele sabia. Uma única citação no *Grove* e no *MGG* e, ainda por cima, entre parênteses. A imortalidade reservava-lhe espaço suficiente para um pé. Mas já era alguma coisa. Só que os catorze versos ainda não existiam. Não tinha sequer um único. Georg folheou de novo os poemas de Hölderlin, algo ausente, e, sem querer, pôs outra vez em ação a leitura em diagonal, atenta apenas à palavra Lete, o que logo o conduziu a um achado: "O que ondeia à margem do Lete,/ Por posses vãs acobertado,/ Resplandece em ofuscantes vestes/ Pela Deusa amiga redespertado". Gostou dos versos, embora não tivesse certeza de os haver entendido. Soavam otimistas, mas não hínicos. E contra o otimismo ele nada tinha a opor. Seguiu folheando, ainda com seu olhar atento à palavra Lete — não conseguia desligá-lo —, mas, dessa vez, não foi Lete que encontrou, e sim Mnemosine. "Lete", dissera seu orientador, "e não Mnemosine." Contudo, o poema que lia agora, intitulado "Mnemosine", comoveu-o de súbito. E combinava com o crepúsculo siciliano, que, em pouquíssimo tempo, fizera-se quase tão negro quanto breu. "Um sinal é o que somos, sem sentido,/ Sem dor, perdemos quase/ A palavra no exílio." Georg fechou o livro e se dirigiu outra vez para o jardim. Por que Bergmann não musicava o "Mnemosine" de Hölderlin? Mas o poema não era um hino, e tampouco um canto de louvor. Ainda assim, aplicava-se com precisão ao estado em que Georg se encontrava naquela noite. E, de repente, ele teve a sensação de que a escuridão siciliana estava se movendo, de que o negrume avançava, passando por ele e por seu terraço, fazendo-se cada vez um pouco mais escuro e sombrio. A campainha do telefone arrancou-o daqueles pensamentos. Era Bruno, chamando para o jantar. Georg estava sem fome e tampouco sentia vontade de conversar. Ansiava apenas apelo vinho. Por sorte, o jantar transcorreu sem grande cerimônia e sem muita conversa. Na verdade, sem conversa nenhuma, pois Bergmann, de posse de um telefone sem fio que mais parecia um antiqüíssimo aparelho de rádio e exibia uma longa antena de metal, dedicou-se o tempo todo a telefonar. O compositor telefonava, Bruno, Steven e Georg comiam calados. Bruno não precisou servir a mesa, o que foi feito pela governanta, já sem a touca de cozinha, mas vestindo outra, apropriada à função de servir o jantar. Quando Bergmann não estava telefonando, relatava a Bruno e Steven o conteúdo do último telefonema, até tornar a pegar o telefone e discar o próximo número. Deu seqüência àquelas ligações mesmo depois de terminado o jantar, quando, então, a governanta depositou uma tigela de frutas sobre a mesa. Georg abriu mão das frutas, solicitando em seu lugar mais um pouco do vinho tinto, que achara delicioso e ao qual já se dedicara de forma abundante ao longo do jantar. Bebeu uma última taça quase que de um gole só e despediu-se, a fim de ir se deitar, enquanto Bergmann seguia ainda e sempre ocupado com questões de caráter organizatório. Na manhã seguinte, a primeira coisa que Georg fez foi descer em direção à piscina. Estava com a cabeça pesada e nadar lhe faria bem. No jardim, encontrou o motorista, que, aparentemente, era também o jardineiro e naquele momento trabalhava num dos canteiros de flores. Depois de nadar, Georg pediu que a governanta lhe trouxesse café, pão, manteiga e geléia; pretendia começar a trabalhar de imediato. Bergmann também parecia já estar trabalhando. Pelas janelas abertas da torre, Georg ouvira sons de piano ao descer para a piscina. O compositor não estava propriamente tocando piano, a não ser por umas poucas notas. E Georg sabia, desde Scarp, o que aquilo significava: estava compondo. Voltou a folhear seu livro, não o Hölderlin, dessa vez, mas a antologia da "lírica ocidental", encontrando ali um poema intitulado "Hino", de Georg Heym. Era isso: podia tomá-lo como modelo. Tratava-se, naturalmente, de um hino sombrio, de uma espécie de anti-hino, uma canção dedicada à ruína, mas Georg podia invertê-lo, transformá-lo num anti-anti-hino, o que, pela lógica, resultaria de novo num hino de verdade. "Águas infindas transpõem as montanhas/ Noites infindas chegam qual sombrios exércitos", Heym escrevera, e Georg pôs-se a anotar sua própria versão: "Mares de azul profundo erguem-se da secura/ Do pó, raiam luminosos os dias". Ficou entusiasmado. Podia continuar com aquela operação. E foi o que fez. Ainda naquela mesma manhã, tinha escrito seu hino de louvor à criação, o qual por certo seguia lembrando Heym, mas não muito. E, além disso, quem conhecia Heym, afinal? Não eram dísticos elegíacos, mas correria o risco. Talvez Bergmann nem notasse. E, quanto a concluir o poema com uma palavra que tivesse um "a", disso ele cuidara simplesmente repetindo o segundo verso no final. O poema, assim, terminava com a palavra "dias", e só lhe restava esperar que o "a" em "dias" valesse como tal, e não como "ia". Com a conclusão do hino à criação, também Georg se sentiu como que recriado, "reanimado pela euforia", como lera certa vez em algum lugar, e aquilo se aplicava de fato a ele. Deixaria o texto descansar um pouco, antes de mostrá-lo a Bergmann. Mas, feitas as contas, tinha certeza de ter realizado seu trabalho. Agora, podia alegrar-se ante a perspectiva do almoço, sobretudo porque hoje, domingo, haveria convidados. Os convidados eram um pianista e um cantor provenientes da França, ambos sendo recebidos por Bergmann graças à intercessão da esposa do compositor. "Ela pendurou no meu ouvido por semanas, vive mandando gente dela no meu encalço", Bergmann dissera, enquanto caminhava com Georg pelo jardim, antes do almoço e da chegada dos convidados. O compositor não tinha vontade alguma de encontrar-se com os visitantes, menos ainda com um cantor que alimentava esperanças de ser seu protegido. Sim, pois, ao falar em "gente dela", Bergmann referia-se aos pacientes de sua esposa. E, como sua mulher tinha por especialização as distonias, toda vez que ele topava com pacientes dela, tratava-se, de modo geral, de gente que sofria de alguma espécie de cãibra ou que — graças à esposa de Bergmann — tinha acabado de se curar e buscava, agora, retomar a atividade musical. Era nisso que Bergmann podia ajudá-los, razão pela qual a esposa vivia lhe pedindo que recebesse um paciente ou outro. Estava bastante claro que o compositor não podia recusar nada à mulher, embora, em geral, não fosse do tipo incapaz de recusar alguma coisa a alguém. Quando os convidados chegaram, Bergmann e Georg, ainda no jardim, foram chamados ao salão pela governanta. Bergmann não teve pressa em deixar o jardim. Aliás, não teve pressa nenhuma. Georg jamais caminhara tão lentamente por um jardim como caminhava agora, ao lado do compositor. A cada planta, arbusto ou árvore, o compositor parecia descobrir algo que o incitava a deter-se, para se dedicar por completo à nova descoberta. E quando nada descobria no jardim, então ocorria-lhe algo muito especial acerca de seu trabalho, algo sobre o qual ele precisava, de imediato, discutir em detalhes. Na maioria das vezes, eram questões técnicas, das quais Georg não entendia coisa alguma, o que não era razão suficiente para deter as considerações de Bergmann. Em algum momento, era inevitável, chegaram enfim ao terraço grande e entraram no salão. Os dois convidados estudavam a estante de livros, assim como Georg o fizera, mas nenhum deles puxou o *Tristão*. Cumprimentos e apresentações se seguiram. O pianista se chamava Giovanni, era de Florença e morava agora em Paris. O cantor chamava-se José Antonio, era português, mas, conforme contou, crescera no Brasil, onde estudara canto, e morava agora em Paris também. Giovanni tinha por volta de trinta anos, usava um chapéu e uma barba de três dias. Com isso, supôs Georg, suas chances com Bergmann eram, já de antemão, nenhuma. Sobretudo porque não entregara o chapéu à governanta, mas o depositara sobre o piano de cauda. José Antonio, ao contrário, tinha se barbeado, mas estava claramente acima do peso e tinha uma voz aguda de menina. Ambos conversavam em inglês com o compositor, de modo que Georg pôde, em certa medida, acompanhar o que diziam. A conversa principiou por generalidades diversas, falou-se de Florença, de Paris, José Antonio transmitiu os cumprimentos da parte da esposa de Bergmann, o compositor foi perguntado sobre seu trabalho atual e falou dos *Elysian fields* e também da contribuição de Georg à obra. Os dois homens foram extremamente simpáticos, tratavam Bergmann quase com devoção, não o chamando pelo nome, e sim por "maestro". Faltou pouco para que chamassem também Georg de "maestro", de tanto que os impressionou o fato de ele estar escrevendo um hino para o compositor. Georg sentiu-se lisonjeado, e quanto mais o lisonjeavam, tanto mais simpáticos achava os convidados. Bergmann, ao contrário, parecia entediado e, além disso, olhou várias vezes, com expressão de nojo, para o chapéu sobre o piano de cauda. Por sorte, Bruno apareceu à porta, convocando todos à mesa. Dessa vez, Bruno vestia traje completo de mordomo, luvas brancas inclusive, e não participou da refeição, apenas a servindo. Depois de servida a *pasta*, Steven também apareceu para o almoço, atrasado, pálido e com o mesmo aspecto estressado do dia anterior. Desculpou-se dizendo que estava no meio do texto para o programa do concerto e precisava com urgência fazer uma pergunta a Bergmann, relacionada a uma mudança de compasso no segundo movimento. Enquanto todos comiam o macarrão, Bergmann explicou a mudança de compasso a Steven, que não se absteve de tomar notas no ato. Então, a conversa voltou-se novamente para generalidades, girando em torno sobretudo do mundo da música e, em especial, da nova geração de cantores. Os dois convidados conheciam bem o ramo, aparentemente já tinham estudado ou trabalhado em todas as academias possíveis e imagináveis. Contaram de Florença, de Paris, de Roma, mas também de Buenos Aires e do Rio de Janeiro. Giovanni já tocara até mesmo no Egito, como acompanhante. Conhecia a academia de música do Cairo e a cena operística da capital egípcia. À menção à "cena operística da capital egípcia", Bergmann não pôde reprimir um sorrisinho, comentando, não sem certa malícia: "Deve ser uma cena e tanto". Giovanni não notou ou não entendeu o tom malicioso, e tampouco Georg entendeu ao certo qual tinha sido o propósito do comentário. De todo modo, nem ele era capaz de imaginar o que seria a cena operística da capital egípcia. Vinculava o Cairo a poluição do ar, ataques contra turistas e gente morando em montanhas de lixo. Para Giovanni, porém, o Cairo era algo bastante diverso. Para ele, a cidade era povoada de esnobes e fãs de ópera. Um desses fãs, por exemplo, morava num prédio de apartamentos à beira do Nilo. Tinha uma cobertura no referido prédio que se distinguia, entre outras coisas, por possuir um elevador especial para o carro do proprietário. Podia-se estacionar o veículo na porta do apartamento, embora essa porta ficasse no trigésimo andar do edifício. A um olhar incrédulo de Georg, Giovanni respondeu assegurando que havia outras coisas no Cairo que mal se podiam imaginar. Georg teria gostado de ouvir mais sobre essas coisas, mas, assim como os convidados, notou que Bergmann estava entediado. A cobertura com elevador para o carro parecia não tê-lo impressionado nem um pouco, e ele fazia uma cara de quem teria preferido solicitar seu telefone sem fio, para que pudesse dar alguns telefonemas. Passados alguns minutos, de fato interrompeu o relato de Giovanni e perguntou, de forma bastante abrupta, o que, exatamente, trazia os dois convidados a sua casa. José Antonio interveio e expôs seu propósito, enquanto Bruno servia o segundo prato, que, vegetariano, consistia em legumes diversos e batatas. Sem rodeios, José Antonio disse que era cantor, mas, por problemas de saúde, não pudera atuar durante algum tempo. Nesse período, havia sido tratado pela esposa de Bergmann, que o aconselhara a, havendo oportunidade, cantar para o compositor. O resto talvez se ajeitasse por si só. Sua enfermidade, porém, nada tivera a ver com a voz aguda, e sim com problemas respiratórios. Por que se decidira por aquele registro vocal foi o que Bergmann quis saber, uma vez que, afinal, o repertório para contratenores era apenas limitado. Ele próprio escrevera uma única vez para contratenor. José Antonio explicou que não tivera escolha: passada a puberdade, a mudança de voz simplesmente não acontecera. Ele permanecera com a mesma voz que tinha antes. "Assim, sem mais?", perguntou Georg, que desconhecia a delicadeza da situação em pauta. Não fora apenas sua voz que não se modificara durante a puberdade, prosseguiu José Antonio: seu corpo também não. Só ficara mais gordo. "E isso afeta a voz?", foi a pergunta de Steven, que aparentemente tampouco fazia idéia do problema em questão. Aquilo afetava a voz, esclareceu José Antonio, na medida em que seus testículos não se haviam modificado. Tinha testículos de criança, informou o cantor sem o menor constrangimento, ao que Bergmann chamou Bruno, que já aguardava na cozinha com a sobremesa, e pediu mais vinho. Obviamente, o cantor era uma espécie de *castrato*, o que Georg achou deveras chocante, sem, contudo, deixar transparecer. Os demais tampouco deixaram transparecer suas reações, de modo que José Antonio contou ainda que já se submetera a diversos exames, desde exames para avaliação do funcionamento dos testículos até medições, tudo isso sempre resultando única e exclusivamente no fato de que tinha, enfim, testículos de criança. "Vamos deixar a sobremesa para mais tarde", disse Bergmann, "agora, talvez o senhor possa cantar para nós." Foram-se todos para o salão, Bergmann e Georg levaram suas taças de vinho, Steven, um copo d'água, o acompanhante sentou-se ao piano, sobre o qual repousava ainda seu chapéu, e o cantor tomou posição. Anunciou a ária "*Che farò senza Euridice*", do *Orfeu e Eurídice* de Gluck, ao que Bergmann começou já, profilaticamente, por assim dizer, a esfregar as próprias têmporas, como se lutasse contra os sintomas de uma enxaqueca. Durante a apresentação, o compositor teve grande dificuldade em não prosseguir esfregando as têmporas sem cessar. Quando não o fazia, passava as mãos pelos cabelos, e quando não estava passando as mãos pelos cabelos, tomava um gole de vinho e o mastigava antes de engolir, tão minuciosamente que era como se estivesse numa prova de vinhos na qual um vinho extraordinário e de altíssima qualidade estivesse sendo saboreado. A ária estendeu-se por um bom tempo, e o cantor de fato a interpretou à maneira de um verdadeiro *castrato*. Decerto, com uma voz de menino, mas algo mais aguda e estridente, antes como um homem imitando um menino, mas desejando soar como uma mulher. Georg jamais ouvira nada igual; Steven parecia conhecer aquele tipo de canto, pois, sentado ereto em sua poltrona, ouvia-o com verdadeira expressão de musicólogo formado. Somente Bergmann tinha imensa dificuldade. Não apenas em ouvir, mas também em permanecer sentado. Nesse meio tempo, já mastigara toda a sua taça de vinho e, várias vezes, fizera menção de se levantar da poltrona, recuando, porém, por cortesia. O cantor — que, como no teatro, buscava fixar seu olhar na distância, mas, na verdade, observava Bergmann sem parar — decerto notara fazia tempo a impaciência do compositor. O resultado disso era que intensificava seus esforços, fazendo do homem que imitava o menino um histérico imitando um menino também histérico. Quando a ária terminou, José Antonio curvou-se, o acompanhante também, Steven e Georg aplaudiram, e Bergmann levantou-se e saiu da sala, dizendo: "Volto já". Os convidados observaram a saída do compositor com olhares irritados, não sabiam o que dizer. Georg também não disse nada. Steven ficou em silêncio. Por um lado, Georg sentia-se obrigado a dizer alguma coisa, uma vez que, afinal, cantor e acompanhante tinham feito todo aquele esforço também por causa dele. Por outro lado, porém, não eram convidados seus. Portanto, ele não precisava comportar-se como anfitrião. Esse papel foi, então, assumido por Steven, oferecendo mais vinho aos dois, que aceitaram a oferta, de modo que Steven foi até a cozinha e voltou com um frasco cheio de vinho tinto. Depois, ainda num esforço algo diplomático, disse que Gluck era mais difícil de se cantar do que normalmente se acreditava, mas José Antonio não respondeu. De Bergmann, ainda e sempre nem sinal, e, após mais algum tempo de silêncio constrangedor, Steven disse que iria dar uma olhada, para ver onde Bergmann estava. Assim sendo, levantou-se e saiu do salão, deixando Georg sozinho com os dois convidados. Vinho, em todo caso, tinham de sobra, e, bebericando suas taças, puseram-se a esperar em silêncio por Steven por no mínimo mais uns quinze minutos. Também ele, porém, desaparecera, de modo que Georg, num certo sentido, caíra numa armadilha. Na armadilha do *castrato*. Contudo, os dois convidados haviam igualmente caído numa armadilha. A armadilha do maestro. Ali estavam eles, vindos de tão longe, e Bergmann não lhes dirigira uma única palavra. Se tivessem juízo, teriam se despedido e ido embora dali. Mas a esperança de um eventual final feliz os impedia de fazê-lo. O único vínculo que ainda possuíam com Bergmann era Georg. Ele era sua tábua de salvação. Isso resultou em que, agora, quisessem saber tudo sobre o relacionamento de Georg com o compositor. Quanto tempo fazia que trabalhavam juntos, se eram amigos, se eram íntimos, se Georg se hospedava ali com freqüência, se outros cantores eram convidados com maior assiduidade, se

Bergmann nunca se despedia dos convidados, e assim por diante. Georg, no entanto, não pretendia ser nenhuma tábua de salvação. Que lhe importavam o *castrato* e seu acompanhante? Se era para salvar alguém, queria salvar a própria pele. E tampouco pretendia passar a tarde no salão com os dois. Eles eram capazes de esperar até que Bergmann reaparecesse para o jantar. A fim de livrar-se de ambos, Georg minimizou o máximo possível seu relacionamento com o compositor. Conhecia Bergmann apenas de passagem, era a primeira vez que se hospedava naquela casa, não sabia sequer se teria nova oportunidade de fazê-lo, e o fato de escrever para Bergmann tinha sido mero acaso. Na verdade, outras pessoas escreviam para o compositor, que, por um capricho, lhe pedira para compor um hino. Era provável que o pedido constituísse um experimento artístico ou sobretudo social. Não sabia ao certo. De todo modo, era prático para Bergmann. Sim, porque se escrevia um hino para ele, o compositor não precisava se preocupar com direitos autorais ou com o pagamento de *royalties*. Se estava escrevendo um hino para Bergmann, simplesmente o entregaria ao compositor e pronto. Foi quanto bastou para que os dois convidados perdessem o interesse por Georg num piscar de olhos. Depois de perguntarem ainda uma vez por Steven, e de Georg não poder ajudá-los com uma resposta, os dois se despediram e foram embora. Georg só tornou a ver Bergmann durante o jantar. O compositor, embora decerto nervoso, não dedicou uma única palavra ao *castrato* ou ao pianista. Fez como se a visita de ambos jamais tivesse acontecido. E, evidentemente, tampouco o desaparecimento de Bergmann sem dizer palavra havia ocorrido, ou ainda o sumiço de Steven, tendo Georg de pagar o pato. Georg, de resto, também não mencionou mais os dois convidados, mas, entristecido, foi para a cama, dormir. A tristeza não se devia ao *castrato*, mas a um telefonema recebido por Bergmann durante o jantar. Mary ligara, anunciando que chegaria um dia depois do previsto, o que significava que Georg somente a veria por pouquíssimo tempo. O dia seguinte, ele o passou lendo, nadando e desfrutando o final de verão siciliano. Não viu Bergmann o dia inteiro, a não ser durante as refeições. Steven e Bruno tampouco apareceram, de modo que Georg teve quase a sensação de estar inteiramente sozinho na *villa*. Por medida de segurança, depois de retornar da piscina para seu apartamento, deu outra olhada nos versos. Seguia satisfeito com o hino e, assim sendo, o apresentaria a Bergmann no dia seguinte, véspera da partida. Por certo, estava um pouco tenso na manhã seguinte, em razão dos versos, mas mantinha-se confiante de que fizera um bom trabalho. Já havia combinado um horário com Bergmann, para mostrar-lhe o texto. Também dessa vez não fora nada fácil agendar a reunião, embora Bergmann precisasse do hino com urgência. Agora, porém, estava tudo acertado, e os dois se encontraram uma hora antes do almoço, no grande terraço. Bergmann pedira a Bruno que trouxesse um frasco de vinho e duas taças, o vinho de mesa que preferia, e Bruno aproveitou a oportunidade para comunicar ao compositor que Mary chegaria à tarde, o motorista já estava a caminho do aeroporto, onde iria apanhá-la. Então, Georg apresentou a Bergmann a folha de papel com o hino. Tinha datilografado o texto com uma máquina de escrever portátil, empregando fita nova para esse fim. Bergmann bebeu um gole de vinho tinto, apanhou a folha de papel, deu uma olhada no texto, tornou a afastar o papel e pegou o telefone sem fio, que repousava sobre a mesa. Discou um número, mas ninguém atendeu. "Não tem ninguém", informou, retomando a folha de papel. Examinou-a agora por um tempo um pouco maior, até ouvir um farfalhar ao fundo. Era o jardineiro, trabalhando no jardim. "Ele entende de oliveiras, mas não sabe nada de flores. Toda vez que toca uma flor, ela morre. Um verdadeiro siciliano, enfim",

Bergmann disse a Georg, que, em vez de fazer algum comentário, continuou esperando para saber o que o compositor achava dos versos. Bergmann tornou a pegar a folha e, em voz baixa e sem expressão, disse: "Ótimo, muito bom". Georg ficou aliviado e frustrado ao mesmo tempo. Não tinha sido uma crítica e tampouco um elogio, mas, antes, um suspiro deprimente, e ele nem sabia se a manifestação se referia a seus versos ou a outra coisa qualquer. Quando Bergmann fez menção de retornar ao texto ainda uma vez, novo ruído o distraiu. Dessa vez era Bruno, que surgira no jardim e, a certa distância, caminhava pela grama. Na mão direita, levava alguma coisa que, à primeira vista, parecera uma toalha branca ou uma trouxa de pano, mas que, olhando melhor, Georg reconheceu como um dos pavões, que Bruno carregava pelo pescoço mole. O animal estava mais do que morto, e Georg se perguntava se Bruno lhe havia torcido o pescoço. Aliás, pavões eram comestíveis? Enquanto Georg ainda refletia sobre o gosto da carne de pavão, Bergmann gritou para Bruno: "Mais um?". E Bruno respondeu de longe, sem se aproximar com o animal: "Já é o terceiro em uma semana". Bruno, então, desapareceu na porção mais afastada do jardim, e Bergmann explicou a Georg: "Os pavões estão morrendo". Supunha, prosseguiu o compositor, tratar-se de um vírus. Os dois outros animais que haviam morrido naquela semana já tinham sido enviados ao Centro de Controle de Zoonoses e estavam sendo examinados. Enquanto Bergmann falava sobre a morte dos pavões, Georg notou que o compositor fora empalidecendo e tinha agora um aspecto algo doentio. Então, Bergmann se voltou outra vez para os versos de Georg, dizendo, mais para si próprio do que para seu interlocutor: "Um horror!". Georg teve a esperança de que o comentário houvesse tido por objeto a morte dos pavões, mas sua esperança desapareceu no momento em que, com os olhos no hino, Bergmann lhe disse que o texto estava, em princípio, muito bom, excelente até, mas que, do ponto de vista temático, ele, Bergmann, tinha outra coisa em mente. Para começar, havia pó demais nos versos. Não tinha nada contra pó, mas sua idéia original não fora a de musicar um hino a favor ou contra a poeira. Além disso, "dias" era uma palavra com "ia", e não com "a". Aquelas, no entanto, eram observações marginais, mas, já que estava tratando do assunto, tinha também de notar que não encontrara dísticos elegíacos nos versos. No mais, era um texto excelente, maravilhoso, e ele tinha certeza de que, retomando o trabalho, Georg conseguiria produzir versos perfeitos. Seria bom, também, que o poema não ficasse tão parecido com Georg Heym, mas disso, emendou, Georg com certeza já sabia. Bergmann, então, levantou-se e disse: "Melhor retomar já o trabalho. Depois você me manda tudo por correio expresso, até o fim da semana" — e entrou na casa. A folha de papel contendo o poema, deixara sobre a mesa, e Georg sentia-se agora empalidecer, o sangue despencando de suas veias e lhe provocando tonturas. Ao mesmo tempo, via uma mão enorme, munida de uma borracha ainda maior, apagando seu nome do *Grove* e do *MGG*. Duvidava que conseguisse escrever outro hino até o final da semana. E, quanto mais duvidava, tanto mais se convencia de que a composição de hinos não era mesmo o seu negócio. Sentar-se numa *villa*, na Sicília ou em qualquer outra parte, e escrever hinos não era, de jeito nenhum, o seu negócio. Seu negócio era escrever uma tese séria de doutorado. Ainda que sobre Schiller, se necessário. Abria mão do *Grove* e do *MGG*. De graça. E, se tinha de compor um hino, então que fosse, de preferência, um hino a Mary. Enquanto pensava em Mary, de novo fisgou-o aquela dor que ele já sentira antes e que parecia, por um momento, paralisar seus pulmões e as vias respiratórias. Essa dor era mais forte do que a provocada pelo hino malogrado. A dor do hino era uma dor pela arte. A dor de Mary era uma dor pela vida. Assim Georg tentou se consolar e se animar, mas sem grande sucesso. Permaneceu ainda algum tempo no terraço, bebeu do vinho no frasco, uma taça, outra e, por fim, uma terceira; depois, foi para seu apartamento, deitou-se na cama e adormeceu. Acordou no fim da tarde, tinha perdido o almoço. Acordou banhado em suor, acossado por pesadelos dominados por borrachas. Precisou de um momento para se certificar de onde estava, afinal. Estava na Sicília, na *villa* do famoso compositor, mas era provável que não tivesse o direito de estar ali. Até o final da semana, saberia a resposta. Permaneceu deitado por um tempo, olhando para o jardim pela janela aberta do terraço. Escurecia cedo na Sicília. O sol, de fato, ainda estava quente, mas já ia baixo pelo jardim, e a claridade ofuscante do meio-dia adquirira uma tonalidade dourada que antecipava o anoitecer. Georg seguia olhando para fora, para além do jardim, rumo a um grupo de árvores dentre as quais se erguia uma escultura de pedra recoberta pela folhagem e maltratada pelo tempo. Viu a grama descolorindo-se lentamente, viu os grãos de poeira dançando na luz cada vez mais fraca — e viu Mary, que, descalça, com os cabelos presos no topo da cabeça e vestindo apenas uma toalha, atravessava o gramado a caminho da piscina. De súbito, Georg acordou de vez e pulou da cama. Correu até a porta e olhou de novo para fora, mas a jovem mulher já desaparecera outra vez. Georg foi até o banheiro e tomou um banho gelado, a fim de enxaguar o sono do corpo. Perdera a oportunidade de cumprimentar Mary de passagem, do terraço de seu quarto. Talvez ela o tivesse convidado a ir nadar também. Agora, tinha de ir atrás dela, para poder lhe dar bom-dia lá embaixo, na piscina. Ele se vestiu e desceu em direção à piscina, mas, quanto mais se aproximava da porção mais baixa do jardim, tanto mais se aceleravam seus batimentos cardíacos, tanto maior a secura na boca e no céu da boca. Desceu alguns degraus de pedra, passou por um marmeleiro carregado de frutos e ouviu, antes ainda de avistar a piscina, as braçadas regulares de uma exímia praticante do nado livre. As braçadas coincidiam com o ritmo de seu coração, que, agora, tornava a se acelerar, de modo que Georg parou para respirar fundo. Respirou, ouviu as braçadas, repreendeu-se pela própria timidez. Lá estava de novo aquilo a que chamava a síndrome de Emsfelde. Georg ficou ouvindo, até que as braçadas cessaram de repente. Agora, tudo estava quieto, tão quieto que ele avançou na ponta dos pés até um muro de pedras cinza, em cima do qual se aquecia um lagarto, que, assustado, fugiu. Dali, podia divisar toda a área da piscina, sem ser visto. Não havia mais ninguém na água. O olhar de Georg peregrinou até a outra borda, onde estavam as cadeiras. E ali, em uma delas, viu Mary. Estava nua, usava apenas óculos de sol e cruzara os braços sob a nuca. Bem relaxada, deixava-se aquecer pelo sol da tarde. Ainda estava molhada, aparentemente enxugara-se apenas de leve, e Georg pôde ver como as gotas d'água formavam pérolas reluzentes sob as axilas, nos seios, em torno do umbigo e até no púbis. Georg fitava aquela mulher e nem ousava se mexer. Não ousava sequer pensar no que quer que fosse, e teria preferido também não sentir coisa alguma, pois a ansiosa excitação que o acometia agora pressionava-lhe de tal maneira as têmporas e a testa que pouco faltou para que lágrimas lhe aflorassem nos olhos. Teria preferido descer até a piscina e mergulhar na água. Desafiando a morte, de certo modo. Apenas para, então, tornar a emergir, cumprimentar Mary com um relaxado *"Nice to see you in Sicily"* e ir se deitar na cadeira ao lado dela. Para tanto, porém, não tinha coragem suficiente. Para tanto, não tinha em si o bastante de Nova York, e menos ainda de Manhattan. Emsfelde imperava. E Emsfelde teria prevalecido, transformando-o numa árvore ou pedra paralisada pela dor do desejo, não tivesse ele identificado, do outro lado da piscina, entre dois arbustos exóticos, exibindo botões brancos em forma de trombeta, primeiro um movimento, depois um par de olhos e, por fim, o rosto pálido de Steven. No mesmo instante, também Steven o reconheceu, empalidecendo ainda mais, enquanto Georg, por sua vez, sentia o próprio rosto corar. Ambos se encararam por um breve momento, batendo, então, em retirada de seus postos de observação. Steven desapareceu atrás da piscina, na parte mais baixa da propriedade, onde Georg jamais estivera e para onde, supunha, Bruno levara o pavão morto. Georg subiu de volta os degraus, passou pelo marmeleiro, queria rumar para o bosque de pinheiros, só não queria voltar para a casa. Nesse meio tempo, o crepúsculo se instalara, as sombras fizeram-se longas e no céu, a leste, já se podia ver um pálido quarto de lua, ao passo que, a oeste, o sol tingia-se de vermelho. Georg passou reto por seu apartamento e encaminhou-se para o extenso gramado diante da "torre do maestro", ladeado pelos ciprestes-de-lawson, erguendo-se feito colunas negras. Olhou para o alto da torre e levou novo susto. A uma das janelas abertas de seu estúdio estava Bergmann, olhando para baixo. Georg nunca estivera lá em cima, mas supôs que, do alto da torre, Bergmann podia ver o jardim inteiro, inclusive a piscina. Aproximou-se mais da parede da edificação, para que o compositor já não pudesse vê-lo. Deteve-se ali por algum tempo. O sol vermelho-escuro punha-se atrás do bosque de pinheiros. Georg pôde observar sua trajetória descendente, primeiro escorregando atrás dos galhos, depois descendo pelos troncos e, por fim, desaparecendo por completo entre as raízes e a grama. Ao mesmo tempo, a noite siciliana emergia como um rio que, pouco a pouco, transborda para além das margens. Georg tornou a sair para o jardim e a olhar para o alto da torre, mas Bergmann já não podia ser visto. A janela continuava aberta, mas, nesse meio tempo, se iluminara, recoberta por uma cortina. Antes ainda que pudesse prosseguir rumo ao bosque de pinheiros, Georg — não mais na borda, mas no meio da escuridão — ouviu Bergmann tocar um acorde. Abafado, sombrio, interrompendo-se de forma abrupta. Um acorde que parecia emergir de um abismo e ao qual nada se seguiu. Só o silêncio, e nada mais.

ESTA OBRA FOI COMPOSTA PELO GRUPO DE CRIAÇÃO EM ELECTRA,
PROCESSADA EM CTP E IMPRESSA PELA PROL EDITORA GRÁFICA SOBRE
PAPEL PÓLEN BOLD DA COMPANHIA SUZANO PARA A EDITORA SCHWARCZ
EM JUNHO DE 2003